Gabriela Kasperski

Mord im Grand Hotel Matterhorn

Ein Fall für Libby Andersch

Oktopus

Für den Blick hinter die Verlagskulissen:
www.oktopusverlag.ch/newsletter

Ein Oktopus Buch bei Kampa

Alle Rechte vorbehalten
Copyright © 2024 by Kampa Verlag AG,
Hegibachstrasse 2, CH-8032 Zürich
info@kampaverlag.ch
www.oktopusverlag.ch
GPSR-Kontakt: Schöffling & Co. Verlagsbuchhandlung GmbH,
Kaiserstraße 79, D-60329 Frankfurt am Main
info@schoeffling.de
Der Verlag behält sich eine Nutzung des Werkes für Text-
und Data-Mining im Sinne des § 44b UrhG ausdrücklich vor.
Lektorat: René Stein
Covergestaltung: Lara Flues, Kampa Verlag
Covermotiv: © 2023 InkNPrintz. All Rights Reserved.
Satz: Tristan Walkhoefer, Leipzig
Gesetzt aus der Stempel Garamond LT / 3. Auflage 2025
Druck und Bindung: Friedrich Pustet, Regensburg
Auch als E-Book erhältlich
ISBN 978 3 311 30072 4

Für meine Großmutter …
Libby hätte ihr gefallen.

»Man reist ja nicht, um anzukommen …«

Johann Wolfgang von Goethe

Prolog

Ihre Finger rutschten ab, sie zappelte und hing in der Luft. Als sie wieder Halt fand, richtete sie sich auf. Einmal kurz durchatmen, das war knapp gewesen. Sie blickte auf die Armbanduhr, ein Geschenk von ihm. Zärtlich fuhr sie über das Glas. Es blieb ihr kaum mehr Zeit, wenn sie vor ihm auf dem Gipfel sein wollte. Durch ein Meer aus Tannen führte eine schmale Schneise zu einem Pfad, der sich im Zickzack hinaufwand, voller Kiesel und Geröll und schwierig zu gehen. Als Belohnung winkte die Berghütte, die Terrasse und weiter vorne die Endstation des Sessellifts. Und er natürlich. Bald würde er aussteigen, sich durch das dichte Haar fahren und grinsen wie ein Lausbub. Danach … war alles möglich.

Sie drehte sich um und fixierte das Gestein. Mit der rechten Hand hielt sie sich erneut an einer Wurzel fest, zog sich nach oben, stieg weiter, bis zu der kleinen Plattform, die Sicht auf die Felswand mit der kleinen Spalte bot. Zweimal im Jahr, rund um die Tag- und Nachtgleiche, konnte man von hier aus das Matterhorn sehen. Es hatte mit dem Winkel der Sonneneinstrahlung und der Erdkrümmung zu tun, ein Angestellter vom Grand Hotel hatte es ihr erklärt. Als ein Schatten ihre Sicht trübte, zwinkerte sie. Doch sie hatte sich nicht getäuscht. Jemand stand breitbeinig auf den beiden Felsspitzen. Seine Silhouette zeichnete sich vor dem lichtblauen Himmel ab. Das leise Flattern der Jacke, die einzige Bewegung, lenkte ihren Blick auf einen Gegenstand in seiner Hand. Umdrehen, weglaufen, hinunter ins Hotel, schrie ihr Verstand, und doch blieb sie stehen. Denn es war kein Fremder. Er war es. Trittsicher und stumm kletterte er hinunter, bis er dicht vor ihr stand, so dicht, dass sie zurückweichen musste. Pling, pling, pling hörte sie das Geräusch eines Kiesels. Als sie zur Seite ausweichen wollte und eine Hand um die Wölbung ihres Bauches hielt, rutschte sie ab. »Das ist dein Kind!«, wollte sie sagen. Die Worte erreichten ihre Lippen nicht, sie erstarben in dem Maß, wie die Erkenntnis in ihr wuchs, dass sie sich getäuscht hatte.

Diesmal war da keine rettende Wurzel, da war nichts. Sie fiel. Und fiel. Und fiel.

I

Der Schnellzug bremste überraschend, obwohl bis Göschenen eigentlich kein Halt mehr angekündigt war. Während sich die Mitreisenden mehr oder weniger lautstark zu dieser erneuten »Rast« auf freier Strecke äußerten, genoss Libby Andersch die Aussicht auf die schroffen Hügel und Hänge um den Vierwaldstättersee. Nicht ein einziges Mal schaute sie dabei auf ihre unablässig klappernden Stricknadeln, Stricken ging überall und in jeder Lebenslage. Seit sie vom Institut für Chemie mit fünfundsiebzig in Rente geschickt worden war, unternahm sie immer montags einen Ausflug, es gab nichts Besseres, um die Woche zu beginnen. Da es Ende November im Flachland wie üblich ziemlich grau war, hatte sich Libby eine Panoramafahrt mit dem Glacier Express vorgenommen. Die einzige selbst gestellte Bedingung war, dass sie abends rechtzeitig zurück wäre für den Krimiklub. Als Anhängerin des gepflegten Hörspiels mochte sie die Radiosendung über wahre Verbrechen, nicht zuletzt wegen der Stimmen, die dann ihr Wohnzimmer erfüllten. Libby lebte allein.

Der Zug fuhr weiter, und eine Durchsage kündigte einige Minuten Verspätung an, Grund dafür seien Bauarbeiten. Libby fragte sich, ob damit ihr Zeitplan durcheinander geriete. Früher hätte sie das Kursbuch studiert, ein Fahrplan, den sie trotz der Größe immer mit sich geführt hatte. Leider wurde es wegen mangelnder Nachfrage seit diesem Jahr nicht mehr gedruckt. Darum lauschte sie sehr genau, als der Wanderer im Abteil schräg gegenüber dem Sitznachbarn von seinen Reiseplänen erzählte, die Libbys ähnelten.

»Mit dem Glacier Express, genau. Es soll da oben verdammt heftig schneien. Scheißwetter. Na ja, ich hole mir dann zum Trost in Göschenen einen Kaffee Träsch.«

Wenn der Wandersmann sich noch etwas zu trinken besorgen konnte, dürfte die Umsteigezeit auch für Libby reichen. Ihre Hüftbeschwerden hatten sich diesbezüglich zuweilen als Problem erwiesen.

In dem Moment eilte eine Dame, ausgestattet mit Sonnenbrille und Hut, so hastig den Gang entlang, dass sie den Wanderer, ohne es zu bemerken, mit dem einen Ende ihres Schals ins Auge traf. Er ließ daraufhin eine Kanonade los, die mit den Worten »Verwöhntes Divenpack!« endete.

Ziemlich ordinär, fand Libby. Wobei die Frau tatsächlich das Flair einer Diva an sich gehabt hatte und Libby außerdem seltsam vertraut erschienen war. Während sie darüber nachdachte, aus welchem Grund dies so war, schimpfte der Wanderer munter weiter.

»Nicht mal entschuldigt hat sie sich, diese Schnepfe.«

Libby reichte es, und sie beschloss, vor dem Umsteigen das stille Örtchen aufzusuchen. Beim Aufstehen knackte ihre Hüfte so laut, dass der Wanderer zu ihr hersah. Sie tat, als wäre nichts gewesen, strich den Rock glatt, rückte die Brosche auf der Bluse gerade, warf das Loden-Cape um und machte sich auf.

* * *

Das kleine Schild bei der Toilettentür stand auf Rot, und so stellte sich Libby etwas davon entfernt ans Fenster, während der Zug wieder anfuhr. Sie passierten das Kirchlein von Wassen. Wegen Arbeiten in der neuen Gotthardröhre musste der Zug die alte Strecke nehmen, dabei fuhr er Schleifen und kam dreimal an der kleinen Kirche vorbei. Gerade als Libby ein diskretes Anklopfen an der Toilettentür erwog, wurde sie angestupst. Vor ihr stand ein kleiner Junge, vielleicht neun Jahre alt. Er hatte Augen wie Quecksilber und eine lila Strähne im hellen Haar.

»Hallo, Frau Andersch, was machen Sie denn hier? Ich bin der Noah, ich wohne über Ihnen.«

»Was für ein Zufall.« Libby war nicht auf eine Unterhaltung eingestellt. Auf ihren Reisen beobachtete sie gerne und blieb für sich. Andererseits war sie dem Gebot der Höflichkeit verpflichtet. »Hast du keine Schule?«

»Lehrerfortbildung.« Er grinste. »Meine Mama hat einen Auftrag im Tessin. Wir übernachten in einem Hotel mit Hallenbad, es gibt ein Buffet mit Dessert, und wir schlafen in einer Süte mit Gamekonsole, zum Tessin-Ninjas abknallen. Hat auf TripAdvisor fünf Sterne.«

Was sprach der Bub denn für ein Kauderwelsch? »Meinst du eine Sternwarte?«

»Nö. Das sind so Bewertungen, von Gästen.«

»In einem Gästebuch also.«

»Auf dem Handy.«

»Damit kann ich nicht dienen.« Libby besaß keines. Sie hatte ein zwiespältiges Verhältnis zu den Geräten. Und zwingen ließ sie sich schon gar nicht.

»Meine Mama hat gesagt, ohne Handy haben Sie keinen Anschluss an die Neuzeit, aber Sie sind selbst schuld.«

Nahm kein Blatt vor den Mund, ihre Nachbarin, dachte Libby. Sie hieß Iris, war alleinerziehend, von Beruf Porzellanmanufakteurin und ziemlich parteiisch. Dass der Bub den Geräuschen nach zu urteilen täglich ganze Heerscharen von virtuellen Feinden besiegte, schien sie nicht zu kümmern, dass Libby kein Handy hatte, jedoch schon.

»Also dann, viel Spaß mit deiner Gamekonsole.« Libby hatte sich bemüht, das Wort perfekt auszusprechen. »Ich fahre zum Matterhorn und übernachte auf dem Gipfel.«

Gerade als der Bub überlegte, wie er das wohl übertrumpfen könnte, gab es einen Ruck, gefolgt von einem erneuten, diesmal sehr abrupten Halt.

»Eine Notbremsung!« Libby hatte sich am Fenstergriff festgehalten, ein Sturz würde ihre Hüfte nur schwerlich goutieren.

Noah hingegen war auf den Hosenboden gefallen, stand jedoch sofort wieder auf.

»Alles in Ordnung?«, fragte Libby.

Noah hielt den Daumen hoch. »Ich bin robust.«

In die entstandene Stille ertönte eine Stimme aus der immer noch verriegelten Toilette. Offenbar telefonierte die Person. Sie klang ziemlich aufgeregt, erwähnte ein perfides System, das sie entlarven wolle, und dass er, der Mensch am anderen Ende, dafür bezahlen müsse.

»Paula, was machst du?«, sprach die Stimme weiter.

Die Antwort kam von einer zweiten Person, mit wesentlich tieferer Stimme.

»Dich töten, Gregory.«

Noah war so verwundert wie Libby. Wobei er dem Inhalt der Worte weniger Bedeutung beimaß als der Tatsache, dass da zwei drin waren. »Sie, haben Sie das gehört?«, flüsterte er. »Das ist doch komisch. Zwei in einem Klo. Was machen die da?«

Libby fiel alles Mögliche ein, was zwei Leute in so einer Zugtoilette anstellen könnten. Nicht kindertauglich, die Antworten. »Noah, geh jetzt zurück an deinen Platz. Deine Mama wird sich Sorgen machen.«

Aber Noah blieb wie angewurzelt stehen. »Ich warte, bis die rauskommen!« Seine Phantasie war angeregt. »Dann verhaften wir sie und bringen sie der Polizei.«

»Was habe ich gesagt? Dalli, dalli, ab die Post.« Libby blickte streng, und der Bub rannte winkend davon.

Eine weitere Durchsage kündigte an, dass sich die Weiterfahrt erneut um einige Minuten verzögere, Grund dafür sei eine Notbremsung.

»Falls ein Arzt oder Sanitäter im Zug ist, begeben Sie sich bitte in Waggon 2.«

Libby überlegte. Dass sie den Anschluss an den Glacier Express noch schaffte, wurde immer unwahrscheinlicher. Dann trinke ich halt einen Kaffee im Bahnhofsbuffet, dachte sie. Von einer früheren Reise waren ihr die leckeren Kanapees mit Sardellenfilet in bester Erinnerung. Gerade als sie sich das Zitronensorbet zum Dessert vorstellte, öffnete sich die Toilettentür. Libby tat beschäftigt und beobachtete aus den Augenwinkeln, wer da herauskam. Zu ihrem großen Erstaunen war es die Dame von eben, in Hut und Mantel, nur dass sie eine Hand seltsam abgewinkelt in die Luft hielt und eine Art Dossier unter den Arm geklemmt hatte. Ohne Libby zu beachten, eilte sie davon. Und wo war die andere Person? Als auf Libbys Klopfen hin nichts geschah, entschied sie sich nachzusehen, einfach um sicher zu sein, dass alles in Ordnung war.

Gleich nach dem Eintreten umfing sie der Duft nach Maiglöckchen. Dann bemerkte sie, dass die kleine Kabine leer und so blitzblank war, dass es geradezu unnatürlich wirkte und die Spritzer im Aluminiumwaschbecken besonders auffielen. Manche hatten ein tropfenförmiges

Muster, manche waren schlierenartig, aber alle waren von einem tiefen, dunklen Rot. *Paula, was machst du?*, glaubte Libby die Stimme wieder zu hören. Sie war hoch gewesen und ohne Modulation, distanziert und grausam zugleich. Sehr eigenartig. War die Dame vielleicht eine Stimmenimitatorin? Wenn ihr nur einfallen würde, wo sie die Frau schon mal gesehen hatte! Und dann hatte sie eine Eingebung. Sie verriegelte die Tür, setzt sich auf die Klobrille und zog eine Zeitung aus ihrer Tasche. Einmal blättern, und schon war sie bei der Kulturseite, wo ein großer Johannisbeer-Konfitüre-Fleck, den ihr tropfendes Frühstücksbrötchen hinterlassen hatte, das Gesicht einer abgelichteten Person verzierte. Es handelte sich dabei um Pjotr Voss, einen Schweizer Schauspieler, der vor Urzeiten in Hollywood Karriere gemacht hatte und nun für Dreharbeiten ins Wallis kommen sollte. Dass sie den wieder ausgruben, hielt Libby für überflüssig, er war unerträglich eitel gewesen, und sie ging nicht davon aus, dass diese Marotte im Alter besser geworden war. Sie holte ihre Brille aus dem gestickten Etui und überflog den Artikel nochmals. Dort war zu lesen, dass Voss, der normalerweise in Berlin lebte, für Dreharbeiten im Wallis in der Schweiz weilte. Neben ihm stand eine um einiges jüngere Frau, die beiden hielten Händchen. Libby hatte sich bei der Lektüre gewundert und die Frau als Anhang eingeschätzt. Beim genaueren Hinsehen vermittelten ihre Haltung und ihr Blick ein gewisses Selbstbewusstsein. Auffällig war ihr breitkrempiger Hut, derselbe, den die Dame von eben getragen hatte. Ob sie es gewesen war?, wunderte sich Libby. Was will die mit diesem Voss?

In dem Moment wurde an die Tür getrommelt. »Können Sie rauskommen, bitte? Es handelt sich um einen Notfall.«

Erst die Notbremsung, nun ein Notfall. Libby wapp-
nete sich und trat hinaus. Vor der Tür hatte sich eine ganze
Gruppe von Menschen versammelt.

2

Sind Sie die Nachbarin von Noah?«, fragte eine Sanitäterin, erkennbar an der neongelben Weste und an blutigen Plastikhandschuhen. »Frau Anders?«

»Andersch«, korrigierte Libby, die es gewohnt war, dass die Leute ihren Namen falsch aussprachen.

»Es gab einen Unfall mit Noahs Mutter, nichts Schlimmes, aber sie muss ins Krankenhaus.« Die Sanitäterin deutete auf zwei weitere Rettungskräfte, die sich bemühten, eine Trage durch den engen Gang des Zugs in Richtung Ausstieg zu bugsieren. Darauf lag die sichtlich angeschlagene Iris, und neben ihr stand Noah, der ihre Hand hielt.

»Stirbst du jetzt?«, fragte er.

»Alles gut, Noah. Kopfwunden bluten halt«, beruhigte ihn die Sanitäterin. »Deine Mama hätte sich festhalten sollen, als der Zug gebremst hat. Es gibt entsprechende Schilder.«

»Habe ich in dem Moment übersehen, es war keine Zeit«, sagte Iris.

Sie hatte sich vermutlich den Kopf gestoßen. Ihre Stimme hatte aber erstaunlich kräftig geklungen, der Blutverlust konnte nicht lebensbedrohlich sein.

»Du darfst keine Kuhmilch trinken, Noah«, sagte sie jetzt.

Das nun klang allerdings verwirrt. Was hatte Kuhmilch mit einer Notbremsung zu tun?

Iris sprach bereits weiter. »Du bist Veganer, sag das Frau Anders.«

»Andersch.« Die Korrektur kam von der Sanitäterin, die schnell gelernt hatte.

»Noah ist ein Engel«, fuhr Iris fort und hörte nicht auf, Libby zu fixieren.

Sie fühlte sich zunehmend unwohl. »Aus welchem Grund erzählen Sie mir das?«

»Sie muss ins Spital nach Uri«, erklärte die Sanitäterin.

Dass Iris ins Krankenhaus musste, leuchtete Libby ein. »Mögen Sie Hefeschnecken? Mit Hafermilch und Pflanzenmargarine.« Trotz der Proteste der Sanitäterin richtete sich Iris auf, kramte in einem Rucksack herum und nötigte Libby eine Papiertüte auf. »Es ist für den Zvieri. Gamen ist verboten, das Tablet, das er dabeihat, ist nur für den Vortrag bestimmt, den er übermorgen halten muss. Er ist wieder mal zu spät mit allem. Und er darf weder Käse noch Rahm essen. Haben Sie gehört, Frau Anders?«

»Andersch. Hab ich das richtig verstanden, Sie wollen, dass ich auf den Buben aufpasse?«

»Ja. Sie sind doch die perfekte Großmutter.«

Libby fiel nicht auf die Schmeichelei herein. Dass sie keine Kinder hatte, war eine Wahl und kein Versehen.

»Ich fahre allein zurück«, meldete sich Noah, der offenbar Libbys Gedanken lesen konnte. »Ich bin schon groß. Und am Abend bist du wieder da, hast du gesagt, Mama.«

Ein Paar war stehen geblieben, es mischte sich ein, auch die beiden jungen Sanitäter äußerten ihre Meinung, kein Ende war abzusehen, bis die Sanitäterin ein Machtwort sprach.

»Stop. Deine Mutter, Noah, bleibt mindestens bis morgen im Krankenhaus, zum Ausschluss Gehirnerschütterung, außerdem muss die Wunde genäht werden. Allein reisen kannst du nicht. Darum bitten wir Frau Andersch, dich mitzunehmen. Wohin fahren Sie?«

»Zum Matterhorn, hat sie gesagt.« Das war von Noah gekommen.

»Perfekt«, sagte Iris. »Dann kannst du unterwegs deinen Vortrag schreiben. Darf er auch bei Ihnen übernachten?«

»Nein«, sagten Noah und Libby gleichzeitig.

»Er braucht kein Bett, ein Sofa reicht.«

Ihr geliebtes hellgelbes Sofa mit der blauen Tagesdecke?

»Sonst bringen wir ihn in die Krankenhaus-Kita von Uri.«

Der Bub brüllte auf, dass die Trage wackelte. Gerade wollte Libby kategorisch ablehnen und ihre mangelnde Erfahrung im Bereich Menschen unter zehn Jahren in die Waagschale werfen, als sie die unterdrückte Träne bemerkte, die Noah beschämt und heimlich von seiner Wange wischte.

»Na, dann komm halt mit.«

∗∗∗

Sie standen am Fenster und sahen zu, wie Iris in einen Rettungswagen verladen wurde. Der Anblick war etwas trostlos, der Bahnsteig war voller Matsch, die Sanitäter konnten nicht verhindern, dass auch die Verletzte Schneeregen abbekam. So groß Noah seine Klappe eben aufgerissen hatte, so schweigsam war er jetzt. Fast ein wenig unheimlich, egal was Libby auch versuchte, er gab keine Antwort. Erst als sie die Tüte mit den Hefeschnecken in ihre Handtasche packte, reagierte er.

»Hey, die gehören mir.«

»Entweder du redest mit mir, oder ich esse alle allein auf.« Sie klopfte sich auf die Hüfte. »Das schaff ich gut, wie du siehst.«

Seine Augen wurden ganz rund vor Entsetzen. Aha, er ist verfressen, dachte sie. Mal sehen, wie es mit dem Rest steht. Dann sprach sie ihn auf den Vortrag an.

»Ich soll den höchsten Berg der Schweiz beschreiben«, sagte er mürrisch. »Und die Reise dahin.«

Keine sehr originelle Aufgabe, das hatte sie schon vor siebzig Jahren in der Schule machen müssen. »Und wie heißt der Berg?«

»Weiß ich nicht.«

»Dufourspitze«, sagte Libby. »Warst du schon mal da?«
Er schüttelte den Kopf.

»Wie willst du ihn dann beschreiben?«

»Ich google.« Er fasste in die Außentasche seines Rucksacks und holte ein Handy heraus. Mit kaum zehn Jahren hatte er schon so ein Gerät?

»Kacke. Es hat fast keinen Akku mehr. Haben Sie vielleicht eine Powerbank? Oder ein Laptop?«

Libby fasste ihrerseits in die Handtasche und holte einen Schweizer Atlas im Taschenbuchformat raus. »Vielleicht hilft dir der.« Mit einer einzigen Handbewegung fand Libby die gesuchte Seite. »Ich würde dir allerdings zum Matterhorn raten. Bei deiner Sternbewertung gibt das bestimmt die Höchstpunktzahl. Hier ist es.« Sie deutete auf die Koordinaten. »Und hier sind wir. Schon hast du deinen Vortrag.« Sie zeigte zum Fenster hinaus. »Und schieß ein paar Fotos, das macht es lebendig.«

»Ich sauge mir lieber eins aus'm Netz.«

Saugen, dachte Libby und wunderte sich über die Sprache. »Aber das hier ist echt.«

»Die Lehrerin würde es mir nicht glauben.«

Noah fand also das Internetz wirklicher als die Wirklichkeit. Das kann ja heiter werden, dachte Libby.

***

Göschenen war eine typische Durchgangsstation. Die Bahnhofsuhr zeigte kurz vor neun, auf dem gegenüberliegenden Gleis wartete ein Zug in der Gegenrichtung.

»Der fährt nach Zürich«, sagte Noah sehnsüchtig, als sie hinter ihm ausgestiegen war. »Es gäbe am Nachmittag eine Gamer-Challenge.«

Das Wort erinnerte Libby an früher, wenn sie Forschungsprojekte abgetippt hatte, in denen es vor englischen Ausdrücken nur so wimmelte.

»Reisende nach Andermatt auf Gleis 4«, kam die Durchsage. »Bitte rasch umsteigen, Abfahrt in zwei Minuten.«

Auf dem Bahnsteig herrschte ein einziges Getümmel. Skifahrer, Urlauberinnen, Tagesausflügler, in der Menge erblickte sie auch den Wanderer von gegenüber. Dass er wegen der knappen Umsteigezeit gehetzt wirkte, erstaunte Libby nicht. Auch sie beeilte sich, die Treppe hinunterzukommen, bis ihre Hüfte erneut knackte und sie pausieren musste. »Lauf, Noah, gib dem Schaffner Bescheid.«

Während sie auf der anderen Seite der Unterführung hochstieg, vernahm sie das Rumpeln des abfahrenden Zugs, und oben angekommen, bemerkte sie nur noch das Schlusslicht. Ganz vorne am Kopf des Perrons stand eine kleine Gestalt. Durch Daumen und Zeigefinger ließ Libby einen Pfiff ertönen. Pfeifen war eine Spezialität von ihr gewesen. Dass es immer noch ziemlich scharf klang, erfüllte sie mit Freude.

Noah rannte auf sie zu. »Sie! Wir haben ihn verpasst. Die Lokführerin hat mich einfach ignoriert. Voll fies.«

Sie gingen zum Bahnhofsgebäude, wo Libby einen Stationsvorsteher ansprach, der wuchtige Oberschenkel und drei Stecker im Ohr hatte. Er entschuldigte sich in breitem Urner Dialekt, etwas tun könne er jedoch nicht; den Glacier Express in Andermatt würden sie auch verpassen.

»Sie! Sind Sie ein Polizist?«, fragte Noah plötzlich.

Er lachte. »Eine Art.«

»Ich muss etwas melden.«

Libby schwante Übles.

Obwohl sie ihn am Ärmel zupfte, um ihn abzuhalten, erzählte er von der Zugtoilette und von der Frau, dabei schmückte er gewaltig aus. »Ich glaube, sie hat ihn ermordet und das Klo hinuntergespült.«

So erzählt, klang es reichlich übertrieben. Der Stationsvorsteher reagierte besonnen und zeigte auf Noahs Handy.

»Aha. Du hast das neuste iPhone 15.000 UltraProSuper-XXL. Was gamst du denn so?«

Libby schmunzelte, was auch immer diese Geräte für Namen hatten, der war bestimmt erfunden.

»Fruit Ninja, wieso?«

»Spielt mein Sohn auch. Hat die gleiche Phantasie wie du.« Der Stationsvorstand zwinkerte Libby zu. »Mach mal Pause, mein Junge. Ich bin sicher, alles ist in Ordnung.«

Das nahm sich auch Libby zu Herzen. Blutspritzer in einem Lavabo konnten auch harmlose Ursachen haben, und das Geplänkel am Telefon … Mein Gott, die Dame war Schauspielerin, bestimmt hatte sie im Spiegel ihre Rolle eingeübt.

Der Stationsvorsteher hatte zu seinem Funkgerät gegriffen und sprach einige Worte, bevor er sich ihr wieder zuwandte. »Sie haben Glück im Unglück. Wir haben gerade einen Sonderzug nach Zermatt für ein Filmteam organisiert, die haben auch den Anschluss verpasst. Abfahrt in etwa einer halben Stunde.«

»Ein Filmteam! Geil. Vielleicht kann ich mitspielen.« Schon lief Noah voraus. »Aber erst suche ich was zum Aufladen.«

Der Stationsvorsteher lachte. »Achten Sie auf Ihren Enkel. Wer weiß, sonst findet er wirklich noch eine Leiche.«

3

Das Bahnhofsbuffet stellte sich als Enttäuschung heraus. Der historische Saal war abgerissen und durch ein Bistro ersetzt worden. Es war überheizt und eng, im Hintergrund lief *Atemlos* von Helene Fischer, und neben der Theke gab es Platz für zwei runde Plastiktische. Einen davon okkupierte eine kleine Frau mit zerzauster Lockenfrisur und einem satt sitzenden feuerroten Mantel. Beim Anblick Libbys legte sie einen Regenschirm auf die Stühle. Besetzt, sagte ihre Miene. Libby nahm mit dem kleinen Hocker in der Nähe des Verkaufstresens vorlieb, ihre Hüfte brauchte Entlastung. Während sie auf die Bedienung wartete, musterte sie den Mann am anderen Tisch.

Er war untersetzt mit Dreitagebart und tat so, als ob er Notizen durchlesen würde, in Wirklichkeit fütterte er einen Hund mit Pommes Chips. Dabei zitterten seine Hände, was er ganz offensichtlich zu verbergen versuchte.

Die Frau hatte jedoch nur Augen für ihr Handy. »Wir hätten früher losfahren sollen, Rupert, wie ich gesagt habe. Wir wollten doch gleich nach der Ankunft mit dem Dreh anfangen. Pjotr wird nicht erfreut sein.«

Dreh? Pjotr? Was Libby eben vermutet hatte, bestätigte sich. Das Filmteam gehörte zu Pjotr Voss. Sie musste also mit dem Altstar durch die Berge fahren.

Der unscheinbare Bärtige mit Namen Rupert versuchte,

die Frau zu beschwichtigen. »Wir werden es schaffen, versprochen, Pommer. Pünktlich um sechs heute Abend ist Drehbeginn. Oben im Belvedere! Eine bessere Kulisse hätten wir uns wahrlich nicht wünschen können.«

Pommer hieß sie also, dachte Libby. Selten hatte ein Name so gepasst. In dem Mäntelchen und mit der getrimmten Carré-Lockenfrisur sah sie wirklich so aus, wie sich Libby eine Landpomeranze vorstellte.

Der Prospekt, den Rupert aus seiner Manchesterjacke zog, weckte Libbys Neugier endgültig: Sie kannte das Hotel auf dem Foto von einem anderen ihrer Montagsausflüge. Das Belvedere war eine Belle-Époque-Ikone der Extraklasse, etwas unterhalb der Furka-Passhöhe in der Nähe des Rhônegletschers gelegen. Die Umgebung war wild und die Passstraße so kurvig, dass die Spitzkehre unweit des Hauses Schauplatz in einem James-Bond-Streifen gewesen war. Wenn der Film mit Pjotr Voss da gedreht werden sollte, war ihm nicht nur ein berühmtes, sondern auch ein schauriges Ambiente gewiss, denn das Hotel war seit einigen Jahren geschlossen und dem Verfall überlassen.

Libby wandte ihre Aufmerksamkeit wieder dem Gespräch der beiden Filmleute zu. Nachdem sie die Drehörtlichkeit besprochen hatten, erkundigte sich Pommer nach einem Kameramann.

»Jules hat viel Gepäck«, antwortete Rupert. »Das Umsteigen war schwierig für ihn.«

»Gepäck? Wieso das denn?« Pommer verstand die Welt nicht mehr. »Er braucht doch nur seine Kamera.«

Der Hund unter dem Tisch winselte leise, und Rupert gab ihm die Chipstüte zum Auslecken.

»Offenbar wurden die beiden wichtigsten Kostüme vergessen. Der Materialwagen ist längst losgefahren, darum hat Jules alles mitgenommen.«

»Der Kameramann bringt die Kostüme? Ich glaube, ich hör nicht recht.« Pommer wechselte schon wieder die Gemütslage, von konsterniert zu schlecht gelaunt. Sie und Rupert waren nicht gerade das, was Libby sich unter einer Entourage von Hollywoodstars vorgestellt hatte.

Die Tür flog auf, und Noah stürmte herein. Er trat zu Libby, die den Finger auf den Mund legte.

»Das hier ist kein Spielplatz, Noah.«

Er zuckte zusammen. »Gibt's was zu essen?«, flüsterte er zurück.

Die Speisekarte bot leider keine Überraschung – statt Sardellen-Kanapees wurden Mikrowellenmenus angeboten. Libby ignorierte Noahs Wünsche mit dem Hinweis auf die Vorschriften seiner Mutter und bestellte bei der Bedienung, die durch eine Hintertür hereingekommen war.

Das Gewünschte wurde nach neunzig Sekunden auf den Tisch gestellt. »Pizza, einmal mit *formaggio*, einmal ohne.«

Nach einem wehmütigen Blick auf den geschmolzenen Käse begann Noah, sich im Stehen seine vegane Ration reinzuschaufeln. Wieder öffnete sich die Tür, diesmal für eine Frau im Trenchcoat und mit Brille sowie gestrickten Pulswärmern, die aus den Ärmeln herausragten.

»Die Produzentin! Endlich!«, sagte Pommer. »Wo bist du abgeblieben, Mette?«

»Jemand musste ja den Sonderzug organisieren.« Die Frau namens Mette steckte dem Hund ein Leckerli zu, was dieser mit Begeisterung quittierte.

»Gibt es ein Problem?« Pommer wurde nervös. »Ich weiß nicht, ob ich meinem Chef noch mal was beibringen kann.«

»Lass es einfach«, sagte Mette. »Der und euer ganzer tv-Sender sollen am Schluss zur Premiere kommen und sich ansonsten raushalten.«

Pommer war offenbar vom Fernsehen, während Mette eine Produzentin war. In der Hierarchie, so schien es Libby, kam die Produktion vor dem Sender. Mette gab dann auch der Bedienung ein Zeichen. »Latte Macchiato für sieben.«

Also erwarteten sie noch vier weitere Leute, zwei davon dürften Pjotr Voss und die Diva aus dem Zug sein. Wie aufs Stichwort ging die Tür erneut auf. Ein junger Mann mit hochgebundenem Blondhaar manövrierte eine bauchige Umhängetasche, zwei Rollkoffer und einen Kleiderbügel mit Plastikhülle durch den Rahmen.

»Jules, was schleppst du da alles an?«, rief Pommer durch den Raum. »Die Kostüme, das weiß ich. Und deine Kamera. Aber was ist das?« Sie zeigte auf die Koffer.

»Licht, Stativ.«

»Dafür haben wir doch den Materialwagen.«

Jules, der Kameramann, gab sich entspannt. »Schon mal das Wetter gecheckt, Pommer? Oben auf dem Furka schneit es kräftig. Wer weiß, ob das Material rechtzeitig ankommt. So …«, Jules zeigte auf die Koffer, »bin ich auf alles vorbereitet. Außerdem transportiere ich die Kamera immer selbst. Sie ist mein Baby.«

Nachdem er die Umhängetasche vorsichtig auf die Tischplatte gestellt hatte, ließ er sich auf einen Stuhl fallen und streckte die Beine breit von sich. »Wo sind die anderen?«

Pommer, Mette, Jules und Ruprecht, zählte Libby mit, es fehlten also noch drei.

»Ich rufe mal an«, sagte Mette, während sie die Rechnung aus einem überquellenden Portemonnaie in bar beglich.

Der Hund heulte auf, er hatte wohl Durst nach all den Chips. Noah, der sein Stück Pizza mittlerweile verschlungen hatte, beugte sich zu ihm hinunter und kraulte sein Fell. Auch Jules schien Hunde zu mögen. Den Moment nutzte Pommer, um Mette in ein Gespräch zu verwickeln.

»Hör mal, es gibt noch ein Problem.« Sie sprach so leise, dass Libby mit dem Hocker ein wenig in ihre Richtung rutschte, um alles zu verstehen. »Das Wort *Matterhorn* kann nicht im Filmtitel vorkommen, unsere Rechtsabteilung hat sich eben gemeldet, sie haben große Bedenken. Nicht dass es uns geht wie Toblerone.«

Daran erinnerte sich Libby noch gut. Die bekannte Schweizer Schokoladenmarke hatte das Bild des Matterhorns von den dreieckigen Packungen entfernen müssen.

»Ich war schon immer für *Gaslicht*«, sagte Mette. »Der ursprüngliche Filmtitel ist altbewährt, manche kennen ihn noch. Er verströmt Geheimnis, Schatten und Nostalgie. Genau das, was sich das Publikum für einen Gruselfilm wünscht.«

»Aber ich verstehe nicht …« Pommer wirkte entrüstet. »Das Matterhorn war doch euer Vorschlag, nicht unserer. Edgar von Thun hat darauf bestanden. Egal wie, aber das Matterhorn gehört in den Titel, hat er gesagt. Wegen der Sponsoren.«

Edgar von Thun, dachte Libby, das müsste dann der Siebte im Bunde sein, und wie Mette war er von der Produktion.

»Edgar ist ein verkorkster Idiot. Und ein schlechter Produzent.« Hoppla, Mette schien den Kompagnon nicht zu mögen.

»Verkorkst oder verkokst?«, fragte Pommer. Damit hatte sie offenbar einen Punkt getroffen. Mette zog es vor zu schweigen, während sich Pommer an ihrem kleinen Sieg freute. Libby ertappte sich dabei, dass sie dem Gespräch ziemlich gebannt folgte, weil das, was nicht gesagt wurde, mindestens so wichtig war wie die Worte.

»Aus welchem Grund bist du eigentlich bei Scheinfilm eingestiegen?«, fuhr Pommer fort. »Wenn du so von Edgar denkst? Er ist immerhin dein Geschäftspartner.«

Mette holte eine Zigarette hervor. »Er hat die Kontakte, ich habe das Hirn. Und nach dieser Produktion bin ich weg.« Deren Handy klingelte. Libby gelang es, einen Blick auf den Bildschirm zu erhaschen, *Thunfisch* stand da geschrieben.

»Wenn man vom Teufel spricht …«, murmelte Mette. »Edgar ist mit unseren Stars unterwegs, mal hören, was er meint.«

Dieser Edgar, den die Frauen abwechselnd als verkoksten Idioten und als Thunfisch bezeichneten, reiste offenbar mit Pjotr und der Diva. Thunfisch, darunter stellte sich Libby einen aalglatten Menschen vor, kühl und glitschig. Während Mette zum Telefonieren das Bistro verließ und draußen ihre Zigarette anzündete, war Jules, der Kameramann, aufgestanden.

»Sag mal, Pommer, wegen der Zugreise … Wieso fahren wir eigentlich über Andermatt? Der Weg untenrum, durch den Simplon und über Visp, wäre doch viel schneller gewesen.«

»Anordnung von Scheinfilm, vermutlich sind die Pauschaltickets billiger. Mette spart ja, wo sie kann. Das Budget sei äußerst knapp, meint sie. Ich denke, sie lügt. Mit Pjotr Voss als Zugpferd ist doch Geld zu holen.«

»Zugpferd?« Jules lachte aus vollem Herzen. »Eher ein ziemlich abgehalfterter Gaul.«

Käme er nicht so selbstgefällig rüber, wäre Libby einig mit ihm.

»Alle mal herhören: Sie sind da.« Mette war wieder hereingekommen und schob ihre Brille zurecht. »Der Heli ist gelandet.«

Pommer schoss hoch. »Wieso Helikopter? Reisen die mit dem Hubschrauber an? Das geht gar nicht.«

»Eine Notsituation«, erklärte Mette, »alle Flüge sind gestrichen. Ich wollte es dir eben nicht sagen, weil du immer gleich deinen Chef anrufst.«

Mitten in die aufflammende Diskussion, ob es in Ordnung sei, von Hamburg mit dem Heli herzufliegen, öffnete sich die Eingangstür erneut. Im Türrahmen stand die Diva mit Sonnenbrille und Hut, machte ihrer Berufsbezeichnung alle Ehre und grüßte mit Grazie in die Runde. Es war die Dame aus dem Zug. Nur, wie konnte sie auf der Toilette von Waggon 17 blutige Schlieren hinterlassen haben, wenn sie gleichzeitig in einem Helikopter von Hamburg hergeflogen war?, fragte sich Libby. Ihr Interesse war nun mehr als geweckt. Hinter der Diva kam ein eifriger Herr in einem billigen Anzug, mit Spitzbart und Nickelbrille in den Raum geschossen, zweifelsohne Thunfisch Edgar, der von der Ausstrahlung her dem Namen alle Ehre machte. Und schließlich … Pjotr Voss. Mit der Lederjacke und den passenden Schuhen sah er aus wie jemand, der sein Alter mit fescher Kleidung kaschieren wollte. Der himmelblaue Schal ähnelte demjenigen, den die Diva im Zug getragen hatte, was das Rätsel um die Herfahrt noch verstärkte.

»Hallo, ihr Lieben«, sagte er in überperfektem Hochdeutsch. »Mich und Gwendolin kennt ihr ja.« Er hatte die Hand der Diva ergriffen, was sie sich gefallen ließ. »Und das ist unser Mann von Scheinfilm.« Damit meinte er den Thunfisch. »Bislang hatten wir nur mit der fleißigen Mette das Vergnügen, nun treffen wir endlich den Macher, der im Hintergrund diskret die Fäden zieht. Edgar Thun.«

»Von Thun«, korrigierte dieser. »*Good morning, every-one.*«

Sein Englisch klang billig, und das Bestehen auf das Adelsprädikat wirkte pompös. Nach der allgemeinen Küsserei flammte das Gespräch auf. Niemand schien sich an Libbys und Noahs Anwesenheit zu stören, andererseits wurde die Weiterfahrt mit keinem Wort mehr erwähnt.

Libby wurde allmählich unruhig und hatte sich gerade entschieden, bei Mette, die ihr am kompetentesten schien, nachzufragen, als sich Edgar vordrängte und am Gürtel von deren Tweedmantel zupfte. »Da ist was welk. Solltest du straffen, Mette, *my dear.*«

»Zisch ab.«

»Hör mir zu! Ich habe die Schlussszene umgeschrieben. Pommer hat ihr *Greenlight* gegeben. Wir nehmen meine Version.«

»Wie kommst du dazu? Gwendolin ist Hauptdarstellerin, Mitproduzentin und Autorin. Sie bestimmt.«

»Falsch. *Money rules the world.* Die Investoren wollen ein offenes Ende.«

Mettes Lippen wurden schmal. »Die können mich mal.« Sie nestelte in ihrer Tasche und zog eine neue Zigarette heraus.

»Gwendolin geht mir schon jetzt *on my nerves*«, sagte Edgar. »Dabei haben wir noch nicht mal mit dem Dreh angefangen. Am liebsten würde ich sie loswerden. Ich habe eine ganze Liste von A-Schauspielerinnen, die nur darauf warten, sie zu ersetzen.«

»Sie bringt Publikum.«

»Der Star ist Voss.«

»In deinen Träumen, Edgar.«

Funken sprühte, die Messer wurden gewetzt, während sich Noah auch noch Libbys Stück Pizza – das mit dem echten Käse –, sowie die Hefeschnecken einverleibte und dabei eine große Ecke für den Hund fallen ließ.

»Wie nett von dir, Senfkorn liebt Pizza«, ertönte die Stimme der Diva. »Wer bist du denn? Und wo ist deine Mutter?«

Libby stellte sich vor, ließ den Grund ihres Hierseins aus und kam auf das zu sprechen, was sie umtrieb, seit die Diva hereingekommen war. »Ich glaube, ich habe Sie vorhin im Zug gesehen. Aus der Toilette kommend, kurz nach der Notbremsung.«

Der Blick, der Libby streifte, war beiläufig. »Im Zug? Schwer möglich, ich komme gerade von Hamburg.«

»Ich finde es auch recht eigenartig.« Libby ließ die Sache mit den Blutschlieren aus, dafür beschrieb sie den Hut. »Er ist ja irgendwie unverwechselbar. Kastanienbraun, mit einer breiten Krempe.«

Die Diva lächelte. »Den gab's bei Zalando, im *Sale*.« Sie legte Libby eine Hand auf den Oberarm. »Sie haben sich geirrt, tut mir leid. Aber Sie sind nicht die Einzige. Viele Leute denken, dass sie mich kennen. Manche nennen mich sogar bei meinen Rollennamen.« Sie nickte ihr kurz zu. »Der Zug soll bald abfahren, für Sie und Ihren netten Enkel ist auf jeden Fall Platz.«

4

Noah wurde schlecht, als sich der Zug die Schöllenen-
schlucht hochwand, die Kurven waren zu viel für
seinen nicht an Käse gewöhnten Magen. Außerdem roch
es unangenehm nach abgestandenem Zigarettenqualm,
der sich in den Polstern festgesetzt hatte. Ein Brandloch
zeugte davon, dass hier ab und zu heimlich geraucht
wurde.

Libby gab Noah einen Plastikbeutel. »Weil, ich putz es
dann nicht weg, das müsstest du schon selbst machen.«

Diese Aussicht schockierte ihn so, dass seine Beschwer-
den gleich wieder nachließen. Sie saßen sich gegenüber,
außer ihnen beiden gab es nur noch ein Liebespärchen, das
ebenfalls Gebrauch von der Mitfahrmöglichkeit machte.
Sie hatten allerdings nur Augen füreinander, Oxytocin
wurde ausgeschüttet, Kalorien wurden verbrannt, die
Hitze machte die ausgefallene Heizung wett. Noah
schaute hin und gleich wieder weg, das Geturtel war ihm
zu peinlich, wie es Libby schien.

Der Zug bestand nur aus zwei Waggons, die Plattform
dazwischen war durch eine Art Handorgel verbunden, die
Metalltüren hatten ein von Rouleaus geschütztes Glas-
fenster, der Durchgang war verboten.

»Den Glacier Express habe ich mir anders vorgestellt«,
hatte Pjotr Voss auf dem Bahnsteig geschimpft.

Im Gegensatz zu ihm mochte Libby den alten Zug. Das Rattern auf den Schienen glich einer Melodie, und wenn man sich an den Geruch gewöhnt hatte, waren die Sitzbänke durchaus gemütlich. Sie fragte sich, wie unendlich viele Menschen hier schon auf die Natur geschaut hatten, auf die schroffen Felswände, das Wildwasser, die Eiszapfen und auf die Brücke, die gerade in Sicht kam, wobei der gewölbte Bogen aus Stein aufgrund des zunehmenden Schneegestöbers nur schemenhaft zu erkennen war. Libby wies Noah auf das Potenzial für seinen Vortrag hin und fasste die Sage zusammen, dass der Teufel die Brücke für die Urner gebaut und dafür ein Leben gefordert habe und wie die Urner ihn überlistet hatten.

»Wieso brauchten sie eine Brücke?«

»Um von der einen Talseite auf die andere und dann auf den Berg zu kommen. Den Gotthard.«

»Ich dachte, wir fahren zum Matterhorn.«

Der Bub hatte keine Ahnung von der Schweizer Geographie. Libby erklärte ihm das Nötigste, und er hörte genau zu. Immerhin, interessiert war er.

Schließlich hatte der Zug den Aufstieg geschafft. Vor dem Bahnhofsgebäude Andermatt thronte ein geschmückter Weihnachtsbaum und war durchaus malerisch anzusehen, wenn der Himmel nicht so düster gewesen wäre.

»Nix mit leise rieselt …«, murmelte Libby. »Da kommt ein Sturm auf uns zu.«

»Ich könnte auf der Wetter-App nachschauen«, sagte Noah. »Dann wissen Sie es.«

»Du willst mich überlisten und dein Handygerät einschalten.«

Er grinste ein wenig. »Voll. Darf ich?«

Hatte sich seine Mutter diesbezüglich geäußert? Libby befand, dass der Wetterbericht nichts mit Gamen zu tun hatte. Sie griff zu ihrem Strickzeug. »Das liegt ganz in deinem Ermessen.«

Er wusste nicht, was das bedeutete.

»Lernt ihr in der Schule kein Deutsch? Eine gepflegte Sprache ist die halbe Miete, gerade bei einem Vortrag.«

In seinem Gesicht arbeitete es. Schließlich versuchte er, das Handy anzumachen.

»Es ist schon wieder abgestürzt. Ich frage den *Dude* da drüben, ob er mir helfen kann.« Er meinte den männlichen Teil des Liebespaars.

»Das wird schwierig«, sagte Libby. »Die sind an den Lippen zusammengeklebt.«

Als hätte er es gespürt, löste sich der Junge, der keine sechzehn Jahre alt sein konnte, aus seinem Liebestaumel. Er stellte sich als Luzius vor und hatte nicht nur ein passendes Kabel, sondern eine ganze Aufladestation dabei.

Noah stöpselte sein Gerät ein und verwickelte Luzius in eine Unterhaltung, während die junge Frau aufstand und die große Uhr auf dem Bahnsteig, deren Zeiger auf halb elf standen, fixierte, als könnte sie den Zug so zur Weiterfahrt bewegen.

»Haben Sie auch den Glacier Express verpasst?«, fragte Libby.

Die junge Frau drehte sich um. Sie war vermutlich jünger, als sie wirkte, ein wunderschönes Wesen, mit dunklen Augen und gebogenen Wimpern. Sie stellte sich als Moana vor und klagte Libby ihr Leid. Sie müsse ultradringend nach Hause, wenn sie nicht pünktlich ankäme, gäbe es Stress mit ihrer Mutter, die Forschungsleiterin an der Fernuni in Brig sei und einen Ruf zu verlieren habe. Auf gar keinen Fall dürfe sie erfahren, dass Moana mit Luzius unterwegs sei.

»Das wird schon.« Libby deutete zum anderen Waggon,

dessen Durchgangsfenster mittlerweile von dem Rouleau verdeckt worden war. »Bei der Filmtruppe da drüben kostet jede Minute eine Million. Die werden dem Lokführer Beine machen. Aber etwas anderes … Kannst du mir sagen, was Zalando ist?«

Es handle sich um eine Internet-Einkaufskette. Auch Moana fand Gwendolins Hut eher ausgefallen, nachdem sie einen Blick durch eine Spalte riskiert hatte.

Der Zug fuhr endlich wieder an, und es dauerte nur wenige Minuten, bis sie den Furkatunnel erreichten. Noah klagte erneut über Übelkeit, und Libby schob das Fenster etwas auf. Ein Schwall Frischluft kam herein, es roch jetzt nach Fels und Feuchtigkeit und Diesel. Sie setzte sich wieder hin, hörte dem Rattern der Räder zu und wurde etwas schläfrig. Bis der Zug unvermittelt stoppte. Der Tag der Zugpannen, dachte Libby. Es war so dunkel, dass sie die Hand vor den Augen nicht sah.

»He«, sagte Noah. »Was ist los, Frau Andersch?«

»Woher soll ich das wissen? Frag doch mal bei der Reiseleitung nach. So wie ich das verstanden habe, ist das die Dame mit dem Trenchcoat und der Brille. Sie hört auf den Namen Mette.«

Er druckste herum. »Kommen Sie mit?«

»Wieso das denn? Hast du etwa Angst?«

Diese Bemerkung war nicht angebracht, das spürte Libby, außerdem hatte sie in dem Alter auch nicht gerne Fremde angesprochen. Bis heute eigentlich, darum war Libby ganz gerne für sich. »Weißt du was, ich gehe selbst.«

Sie steckte das Strickzeug in die Tasche, stand auf, strich den Rock glatt und tastete sich zur Verbindungstür. Als sie die Klinke hinunterdrückte und die Plattform betrat, fiel die Tür hinter ihr ins Schloss. Zum Glück habe ich nicht den Buben geschickt, dachte sie, denn es war ziemlich unheimlich, vor allem da sie im Dunkeln eine Silhouette bemerkte. War es die Diva? Hatte Libby sie mit ihrer Bemerkung eben aufgeschreckt? Hatte sie gewartet, bis sie Libby allein erwischte, um sie nun anzugreifen? Plötzlich sah sie einen spitzen Gegenstand vor sich und die Blutstropfen im Waschbecken. Zur Sicherheit tastete sie nach dem Schweizer Taschenmesser, das sie immer mitführte. Alles in ihr verspannte sich, sie hielt den Atem an. Einen Moment lang schien die Luft zu vibrieren. Dann ertönten ein Schnaufen, einige Schritte und die ins Schloss fallende Tür. Was war denn das gewesen? Libby verspürte keinen Drang mehr, bei der Filmtruppe nachzufragen. Sie beeilte sich, in ihren Wagen zurückzukommen, während hinter ihr das Rouleau hochrutschte und vor ihr das Licht wieder aufflammte.

»Haben Sie den Teufel getroffen?«, fragte Noah. »Hat er den Strom abgestellt?«

»Wenn, dann hat er Angst bekommen vor mir«, sagte Libby, nahm einen Schluck Wasser aus ihrer Flasche und blickte durch die Scheibe in den anderen Wagen. Da sah alles ganz harmlos aus. Edgar von Thun unterhielt sich mit Mette und Pommer, Rupert fütterte Senfkorn mit Keksen, Pjotr kaute auf einem Bonbon herum, während er Autogrammkarten auf Vorrat unterschrieb. Jules und die Diva saßen weit entfernt von der Durchgangstür, sie hatten die Köpfe über einem Dossier zusammengesteckt. Die Diva wirkte entspannt, außerdem hatte sie den Mantel ausgezogen. Es war unmöglich, dass sie eben noch in dem Durchgang gestanden hatte. Elisabeth, du hast Gespenster gesehen, schalt sich Libby. In dem Moment bemerkte sie eine Person, die ihr bislang nicht aufgefallen war. Eine ältere Frau mit aufgeplusterter Frisur, taillierter Jacke und weitem Rock, sie wirkte wie aus dem vorletzten Jahrhundert entsprungen. Als sie Libbys Blick bemerkte, kniff sie die Augen zusammen und sagte etwas zu Rupert.

Der Zug fuhr wieder an. Kaum waren sie außerhalb des Tunnels, klatschten Schneeböen ans Fenster, die Sicht hatte sich verschlechtert. Als es holperte, stöhnte Moana auf.

»Nicht schon wieder.«

Der Zug wurde langsamer, bis er schließlich auf freiem Feld anhielt. Die Stille war ohrenbetäubend.

»Ist bestimmt wegen des Gegenverkehrs«, sagte Luzius nach einer Weile. »Der andere Zug, der von Brig hochkommt, ist verspätet. Weil die Touristen so lange brauchen, bis sie eingestiegen sind. Passiert hier dauernd.«

Noah stand auf, um mit seinem Handy ein Foto zu schießen. »Krass«, sagte er. »Ist der Schnee echt?«

»Wieso sollte er nicht echt sein?«

»Na, eine Filmkulisse. Da drüben ist ja das Filmteam.«

Libby verkniff sich ein Lachen. »Nein, nein, der ist sehr echt.«

»Können wir aussteigen?«

Um Himmels willen, dachte Libby. »Das wird kalt und nass. Und du wolltest doch um vierzehn Uhr zu Hause sein.« Sie deutete auf ihre Armbanduhr. »Jetzt ist schon elf vorbei.«

Das brachte ihn in eine Zwickmühle, und erst nach längerer Überlegung kam er zu einem Resultat. »Abends reicht voll. Die Gamer-Challenge ist auch morgen wieder.«

Libby war überrascht. Kinder waren ihr bislang als komplette unberechenbare Masse erschienen, aber mit dem Exemplar hier konnte man zumindest verhandeln.

Die Verbindungstür öffnete sich, und Mette steckte ihren Kopf herein. »Ist bei Ihnen auch die Heizung aus?«

Libby vermutete, dass es seit Anbeginn der Fahrt so gewesen war.

»Wo ist der Schaffner?«

»Es gibt nur einen Lokführer«, sagte Luzius. »Noah, kannst du im Führerstand nachfragen?«

Noah verkniff sich diesmal den Protest, die Aufgabe war zu abenteuerlich.

Wenn einer eine Reise tut …, dachte Libby.

Mette kehrte zum Filmteam zurück, wo sie offensichtlich besprachen, was zu tun sei.

Ein Rumpeln, und Noah stand wieder da. »Der Lokführer ist ausgebüxt. Wir sitzen hier fest.«

Sie blickten sich alle an, während die Schneeflocken die Scheiben zudeckten. Libby ließ sich wieder auf dem Polster nieder und holte ihr Strickzeug heraus. Das Klappern der Nadeln würde sie beruhigen. Seltsam, dachte sie, sonst hören mir nur die Topfpflanzen zu.

5

Eine halbe Stunde später drückte Luzius die verschlossene Waggontür mit Gewalt auf. Er müsse heim, egal wie, sein Vater würde ihn sonst umbringen. »Hier geht nichts mehr, ist ja klar. Ihr kommt besser auch mit. Wir sind nah beim Dorf, das schaffen wir zu Fuß.«

Noah folgte ihm mit einem Sprung in den Schnee. Libby zeigte sich weniger begeistert, ein Marsch durch einen Schneesturm stand nicht zuoberst auf ihrer Agenda.

»Kommen Sie, Frau Andersch«, sagte Moana. »Ich helfe Ihnen.«

Libby zog das Cape enger, rückte die Brosche zurecht und hängte die Tasche über den Arm. Von Moana unterstützt, kletterte sie die Trittstufen hinunter. Ihre Hüfte knackte, ihre Schuhe versanken sofort im Schnee, ihre Füße wurden nass. Es war ein Fehler gewesen, ohne Winterstiefel loszuziehen.

»Eine Landebahn für Fruit Ninjas!«, brüllte Noah, den die viele Schneeluft offensichtlich trunken machte. Er sprang herum und trampelte den Schnee platt. Libby ließ ihn gewähren. Wer auch immer diese Ninjas waren – Noah war beschäftigt. Aus dem anderen Wagen war Jules gestiegen. Die Kameratasche umgehängt, die Koffer und die Kleiderhülle durch den Neuschnee schleifend, kam er auf sie zugestapft. »Was geht ab, Leute?«

»Der Lokführer ist verschwunden.« Luzius zeigte auf Fußabdrücke im Schnee.

»Er holt sicher Hilfe«, sagte Moana, die sich bei Libby eingehängt hatte.

Luzius besah sich die Abdrücke wie ein Detektiv. »Nope. Dann wäre er zum Dorf marschiert. Die hier zeigen in Richtung Tunnel. Ich schau mal nach.«

Mittlerweile waren auch alle anderen vom Filmteam ausgestiegen. Die Frau in dem altmodischen Kostüm wurde von den anderen Nele genannt. Nachdem sie eine Weile diskutiert hatten, was zu tun sei, verlangte Nele Kaffee.

Hätte ich auch gerne, dachte Libby. Allerdings hielt sie es für ziemlich illusorisch. Auch die Diva fand, es sei nicht der Moment, aber Nele sah das nicht ein. »Ich will einfach nur einen Kaffee, mehr verlange ich nicht!«

Letzteres hatte so hysterisch geklungen, dass Libby in ihrer Tasche nach der kleinen Wasserflasche kramte und sie Nele anbot. »Bitte sehr. Ist nur Hahnenburger, aber besser als nichts.«

Nele blickte erst auf die Flasche, dann zu Libby. »Sind Sie vom Geheimdienst?«

War sie verrückt, oder sah Nele in Libby tatsächlich eine Gefahr? »Nicht, dass ich wüsste.«

Nele trippelte weiter zu Pjotr Voss, der den Arm um sie legte. So auffallend sie sich benahm, irgendwie schien sie voll in diese Truppe integriert.

Luzius tauchte wieder auf, zusammen mit dem Lokführer, der eine dicke Winterjacke angezogen hatte, während sein Haar weiß vom Schnee war.

»Können Sie bitte alle mal herhören?« Im Tunnel sei es zu einem kleinen Steinschlag gekommen, die Lok sei beschädigt, wie er soeben festgestellt habe, minimal zwar nur, trotzdem sei eine Weiterfahrt zu riskant.

Pjotr Voss spuckte ein Bonbon in den Schnee, ein kleiner dunkler Fleck in weißem Pulver. Außer Libby schien das niemand komisch zu finden.

»Und wie kommen wir auf den Furkapass?« Pjotr Voss hatte auf Schweizerdeutsch gewechselt und klang wie ein herrischer Hotelgast, der sich übers Wetter beschwerte. »Wir drehen einen Film im Hotel Belvedere, unsere Crew ist schon da. Heute Abend ist Drehstart.«

»Weiter vorne versperrt eine Lawine den Zugang zum Dorf.« Der Lokführer überlegte. »Ich schaue mal, ob ich noch mehr in Erfahrung bringen kann. Geben Sie mir ein paar Minuten.«

Damit stapfte er wieder davon.

»Wieso braucht der dafür nicht sein Handy?«, fragte Libby.

»Er hat auch keinen Akku mehr«, sagte Luzius. »Und meine Powerbank ist leer, der kleine Furz hat alles abgezapft.« Damit meinte er Noah, der Senfkorn über seine Fruit-Ninja-Landebahn jagte.

»Geh mal mit, Luzius«, sage Libby, während sie in der Tasche ihres Capes nach den Handschuhen suchte. »Sonst kommt uns der Lokführer noch abhanden.« Luzius gehorchte und verschwand im Schneetreiben.

Pommer hatte einen kleinen Schirm aufgeklappt und tippte auf ihr Handy. »Meine App sagt nur leichten Schneefall an.«

»Und dabei ist es ein Blizzard.« Edgar von Thun war als Letzter zu ihnen getreten, in seinem billigen Polyester-Anzug und dem offenen Hemd musste er mittlerweile halb erfroren sein. »Wann hast du das Wetter gecheckt, vor einem Jahr, Pommer? Du solltest das *under control* haben.«

Pommer wehrte sich unerwartet mutig, verweigerte ihm ihren Schirm und murmelte leise: »*Fuck you!*«

»Fuck dich selbst, Schlampe«, murmelte Edgar, so leise, dass nur Libby es hörte. »Dich hätte man auch besser ins Gras gewichst.«

Das war mehr als respektlos. Libby suchte nach Worten, um ihn zurechtzuweisen, als sein Handy klingelte. Seinem verzerrten Gesichtsausdruck nach musste es eine ziemliche Hiobsbotschaft sein, die er da bekam. »Nein, nein, nein. Das kannst du nicht machen. Was? … Wieso? Wir sind doch völlig im Budget, verdammt …« Seine Stimme wurde leiser, er verschwand im Schneegestöber.

Wieder standen sie eine Weile nur herum. Libby sehnte sich nach einer Sitzgelegenheit und erwog, sich wieder in den Waggon zu begeben, als der Lokführer mit Regenschirmen, Wolldecken und einem Korb zurückkehrte. Er kündigte einen Vertreter der Gemeinde an, den Luzius gerade aufbiete, und offerierte Sandwiches mit Walliser Rauchwurst. Noah ließ sich das nicht zweimal sagen, ein Fleischzipfel flog in den Schnee, was Nele aufschreien ließ.

»Iiiiih, totes Schwein.«

Noah ließ vor Schreck das Brötchen fallen.

»Und du?«, fragte Libby Moana. »Willst du keins?«

Sie winkte ab, sie sei Muslima. »Das ist ja das Schlimme. Luzius' Vater ist Metzger, wissen Sie. Wir wohnen drei Dörfer auseinander. Ich gehe in Brig aufs Gymnasium. Wir haben uns bei den Pfadfindern kennengelernt.«

Auch du je, dachte Libby, eine muslimische Gymnasiastin und der Sohn des Dorfmetzgers. An ihrem Institut hatten sie auch ein gemischtes Paar gehabt, er ein Schweizer, sie eine Nigerianerin. Die Bemerkungen mancher Mitarbeitenden hatten einige Monate lang das Klima vergiftet, bis der Professor – auf Libbys Anraten –, einen Verhaltenskodex eingeführt hatte. Der schlimmste Sprücheklopfer hatte daraufhin freiwillig gekündigt. Das war in Zürich gewesen, kurz vor Libbys Zwangspensionierung. Nicht auszudenken, wie es wohl in einer Walliser Berggemeinde zu und her ging. Moana war auf jeden Fall ziemlich desillusioniert, und das als Teenagerin.

»Wir haben so aufgepasst, und wegen dieses blöden Zugs fliegt alles auf.«

»Kannst du schwindeln?«, fragte Libby.

Moana wurde so weiß wie der Schnee, nur schon bei der Idee. »Das mach ich nicht, Frau Andersch.«

»Dann bring deine Mutter auf andere Gedanken. Schreib ihr, wie knapp du der Lawine entgangen bist.« Libby zeigte zur Filmtruppe. »So wie die anderen auch, schau mal, die tippen alle wie wild auf ihren Geräten herum.«

Moana war dankbar für den Tipp und machte sich dran, eine Nachricht zu schreiben. Danach entspannte sich die Stimmung. Die Schirme bildeten ein buntes Dach, Rupert ließ Senfkorn Kunststücke machen, Moana und Noah assistierten mit Schneeballwürfen, Nele trällerte vor sich hin, während Jules und die Diva fachsimpelten. Nur Pjotr Voss stand allein herum und schien Libbys prüfenden Blick zu spüren, auf jeden Fall stolperte er direkt auf sie zu, auch ihn schien der Neuschnee zu beinträchtigen. Um Gottes willen, der wird mich doch hoffentlich nicht für einen Fan halten? Aber genau das war der Fall, ungefragt stützte er sich auf ihre Schulter und kam schon im ersten Satz auf seinen Welterfolg zu sprechen, seinen wichtigsten Film.

»*Ein Mann für jede Gelegenheit* ist ein tolles Werk, nicht wahr? Fast hätte es für eine Oscar-Nominierung gereicht. Nun, es war der Auftakt, die holen wir jetzt mit *Gaslicht*. Wollen Sie mehr wissen?«

Leider gab es kaum Ausweichmöglichkeiten, zumal Libbys Schuhe dem Schnee keine zwei Schritte weiter trotzen würden, und so blieb ihr nichts anderes übrig, als Pjotr

Voss' Monolog zu lauschen. Dass *Gaslicht* ursprünglich ein Theaterstück gewesen sei, wie Pjotr bei der legendären Berliner Aufführung die blutjunge Gwendolin ins Geschäft eingeführt habe. »Ich war mehr als doppelt so alt. Auch Rupert war dabei, ihr Ex-Mann, mit dem sie kein Jahr verheiratet war. Heute assistiert er Gwendolin, sie hat ja viel am Hut. Und ich bin mit der Hauptrolle von Gregory Tag und Nacht beschäftig. Falls Sie sich fragen, ob das gut geht mit dem aktuellen Mann und dem Ex-Mann ... Im Theater und im Film überschneiden sich Beruf und Privates, es ist nur eine Frage der Organisation. Nele zum Beispiel war vor Gwendolin mit Rupert zusammen. Dafür spielt sie heute Bessie, die Köchin. Meine Rolle, den Gregory, hat früher Charles Boyer gespielt und die Hauptrolle der Paula Ingrid Bergman. Die wollte mich kürzlich kennenlernen.«

»Die Bergman ist verstorben«, sagte Libby trocken. »1982.«

»Genau, das meine ich, kürzlich, vor einigen Jahren.«

Sein Fauxpas verleitete ihn zu einem neuen Monolog, den Libby nach wenigen Worten unterbrach. »Das ist alles schön und gut. Aber wieso haben Sie den Film im Wallis angesiedelt?«

»Wegen des Hotels Belvedere. Da hatte Edgar von Thun wirklich ein Händchen, was für ein Produzent!«

Das hatte Mette eben ganz anders gesehen, dachte Libby. »Regie macht Gwendolin, nicht wahr? Autorin, Schauspielerin, Regisseurin, sie muss eine Wunderfrau sein.«

Das hörte er gar nicht gern.

»Mag sie Maiglöckchenparfüm?«, fragte Libby weiter.

»Sie stellen Fragen.« Pjotrs Blick wurde misstrauisch. »Wer sind Sie noch mal?«

Die Ankunft Luzius' enthob Libby einer Antwort. Neben ihm stand ein mittelgroßer Mann in Skianzug und Kunstfellmütze, mit gut durchblutetem Gesicht und hibbeliger Betriebstemperatur, der sich als Touristikpräsident der Gemeinde vorstellte. Ob die anderen wussten, dass es sich bei Oberwald um ein Dorf von knapp dreihundert Einwohnern handelte? Libby unterdrückte ein Schmunzeln.

»Guäten Abend, guäten Abend!«

Pommer war irritiert. »Wieso Abend, es ist doch erst Mittag?«

»So sagt man das im Wallis«, erklärte ihr Moana.

Der Touristikpräsident schüttelte Hände, als wäre er ein Schweizer Bundesrat, bevor er offiziell wurde. »Nicht nur vorne beim Dorfeingang ist eine Lawine runter, sondern auch bei Gletsch. Oberwald ist abgeriegelt.« Für das Filmteam sei nun aber nur einige Kilometer entfernt in der Turnhalle ein Platz reserviert. »Wir sind bereits dabei, die Betten zu beziehen. Es geht selbstverständlich auf unsere Kosten.«

Kaum hatte der Präsident seinen Werbeauftritt abgeschlossen, schwatzten alle durcheinander. Bis sich Thunfisch Edgar Gehör verschaffte.

»Wir können nicht in eine Turnhalle. Heute ist ein Nachtdreh geplant, und den ziehen wir durch. *Time is money*. Unser Technikteam ist oben im Belvedere und bereitet alles vor.«

Dass seine Zahne vor Kälte klapperten, ließ ihn sehr engagiert erscheinen. Der Touristikpräsident war trotzdem anderer Meinung.

»Auch auf dem Furka herrscht Lawinengefahr. Es wäre lebensgefährlich, die Passstraße hochzufahren.«

»Seid mal still!« Mette hielt ein Handy an ihr Ohr. »Ich höre gerade, dass der Materialwagen und der Foodtruck in

47

eine Kollision verwickelt sind, sie stecken fest. Kilometer vom Belvedere entfernt.«

Betretenes Schweigen machte sich breit.

»Gab es Verletzte?«, fragte Gwendolin schließlich.

»Zum Glück nicht.«

Edgar von Thun tigerte vor sich hin. »Das muss man doch freischaufeln können.«

Libby blickte nach oben in den Himmel, aus dem ununterbrochen Flocken fielen. Schaufeln würde da wenig bringen.

»Eine Katastrophe! Ohne Licht und Requisiten können wir den Dreh vergessen«, jammerte Pjotr Voss. »Und vor allem ohne mein Kostüm!«

Jules hob seinen Kleidersack. »Das habe ich dabei. Meine Notausrüstung auch.« Er zeigte auf seine Gepäckstücke. »Wir könnten es hinkriegen. Das Ambiente ist einmalig. Diese Schneemenge bringst du mit keinem CGI hin.«

»Du kannst CGI, cool!« Noah bekam rote Backen vor Begeisterung. »CGI sind Special Effects, Frau Andersch«, erklärte er in der berechtigten Annahme, sie habe den Fachausdruck nicht verstanden.

»Du bist Vollprofi.« Jules haute ihm kumpelhaft auf die Schulter. »Kannst du mir assistieren? Als Mädchen für alles.«

Die letzte Bemerkung weckte Noahs Protest. »Ich bin männlich gelesen.«

Libby entwich ein Laut. Wieder so ein Ausdruck, den Noah von seiner Mutter haben dürfte.

Jules fand es in Ordnung. »Das passt. Und du darfst auch dein Gerät an meiner Super Powerbank aufladen.« Händeschütteln, und das Geschäft war gemacht.

»Moment«, sagte Libby. »Da habe ich auch ein Wörtchen mitzureden.« Als sie sich vorkämpfen wollte, versagte ihre Hüfte. Dieweil zeigte Jules auf Luzius. »Und du? Bist du auch dabei?«

»Nope. Ich muss nach Hause.« Er ging zu Moana und begann, mit ihr zu flüstern.

Mette mischte sich ein. »Sorry, Jules, aber ohne Location nützen weder Kamera noch Kostüm etwas.«

»Und ein Schneepflug?«, fragte Pommer. »So einer könnte uns doch zum Belvedere hochfahren.«

Der Touristikpräsident verneinte. »Bei der gemeldeten Schneemenge kann es Tage dauern, bis die Straße freigeräumt ist. Es ist ein Glück, wenn wir mit dem Bus ins Dorf kommen.«

»Fuck!« Edgar von Thun war kalkweiß. »Das ist eine Bankrotterklärung!«

Libby drückte ihre Tasche an sich und begann, in Richtung Bus zu gehen. Sie würde auch einen Luftschutzkeller in Kauf nehmen, Hauptsache, sie konnte sich setzen.

»Ich hätte eine Alternative.« Der Touristikpräsident hüstelte so laut, dass Libby stehen blieb. »Auf etwa dreizehnhundert Meter Höhe steht unweit von hier das Grand Hotel Matterhorn. Es steckt mitten in einem Umbau, es gibt weder WLAN, Spülmaschine, Bodenheizung oder ähnlichen Luxus. Da würden Sie vermutlich nicht drehen wollen, oder?«

6

Die Straße war auf der einen Seite begrenzt durch den fast senkrechten, zu einem Gipfel hochführenden Steilhang, auf der anderen durch einen ebensolchen Abhang in die Tiefe. Immerhin entpuppte sich der Touristikpräsident als virtuoser Chauffeur.

»Da geht's zum alten Sessellift.« Er zeigte nach rechts, wo eine Abzweigung sichtbar wurde. »Oben kann man zweimal im Jahr, an Tagen mit Fernsicht, bis zum Matterhorn schauen.«

Libby hatte da erhebliche Zweifel. »Das sind doch einige Kilometer Luftlinie. Und der eine oder andere Gipfel steht im Weg.«

Der Touristikpräsident stellte das in Abrede. »Für euch *Üsserschwiizer* vielleicht. Wir sehen das Matterhorn glasklar. Allerdings, seit der Lift nicht mehr fährt, muss man hochwandern, und der Weg ist steil und gefährlich.«

»Das kann ich alles im Vortrag verwenden, gell, Frau Andersch?«

Noah versuchte, auf gute Stimmung zu machen, aber Libby strafte ihn weiterhin mit Schweigen. Ohne mit der Wimper zu zucken, hatte der Bub noch eine Gamer-Challenge für eine Übernachtung im Grand Hotel hergegeben. Das hatte Libby außerordentlich erzürnt, und genau das hatte sie dem erstaunten Noah so mitgeteilt, mit eindeutigen Worten. Unter normalen Umständen wäre sie danach weitergereist, schließlich hatte auch sie eine Challenge, zu Hause mit ihrem kuscheligen Sofa und dem Krimiklub. Aufgrund der Wetterverhältnisse aber hatte sie bleiben müssen, ganz abgesehen von der Tatsache, dass sie einen Zehnjährigen nicht sich selbst überlassen konnte, selbst wenn er sich nicht fair verhalten hatte.

»Ich finde, das klingt nach einem richtigen Zauberberg, Frau Andersch. Da gefällt's Ihnen sicher.«

Der Kleine erwies sich als hartnäckig, doch Libby ließ sich nicht erweichen, auch wenn sie die ungewollte Anspielung auf Thomas Manns Roman, von dem Noah mit Sicherheit keine Ahnung hatte, insgeheim amüsierte.

»Nicht Zauberberg, sondern Hungerberg.« Das kam von Thunfisch Edgar, der hinter ihnen saß. »So heißt das Gebiet hier.«

»Exakt, Herr von Thun«, sagte der Touristikpräsident am Steuer. »Noch ein paar Hundert Meter, dann sind wir oben.«

Aber diese Meter hatten es in sich. Je steiler es den Berg hinauf ging, desto langsamer wurden sie. Die Reifen drehten durch, es stank nach verbranntem Gummi, bis sie nur noch im Schritttempo vorwärtskrochen und jeder Meter eine Errungenschaft war. Ein letztes Mal Gas geben, dann spürte Libby, wie es unter ihnen abflachte. Sie fuhren eine Schleife und hielten auf einem von Lärchen umrahmten Platz. Der Touristikpräsident schaltete den Motor aus und drehte sich um, das Gesicht glänzend vor Schweiß.

»Alles aussteigen, bitte!«

Sie leisteten ihm Folge, Edgar von Thun und Pommer ließen ihn danach sogar hochleben. Wenn diese Pommer wüsste, wie der Thunfisch von ihr gesprochen hatte, dachte Libby, und streckte vorsichtig den Fuß aus. Als sie festen Halt gefunden hatte, blickte sie zu dem Gebäude, von dem im Schneefall nur die Umrisse erkennbar waren. Eine breite Treppe führte zu einem zweiflügeligen Portal. Der schwer beladene Jules erklomm sie als Erster und drehte sich um.

»Ein Foto!«, schlug er vor, deponierte sein Gepäck und stürmte wieder herunter. »Zur Erinnerung.«

Alle gruppierten sich auf dem großen Platz. Libby zog es vor, sich am Rand zu halten, während sich Pjotr Voss ungeniert ins Zentrum stellte.

»Wem gehört eigentlich dieses bezaubernde Lächeln?«, fragte er beim Anblick Moanas.

Luzius' Gegenwart beraubt, stand sie unsicher in der Gegend herum. Sie ignorierte Pjotr Voss, der beleidigt reagierte, nicht aus Unhöflichkeit, das sah Libby genau; sie fühlte sich schlicht nicht gemeint.

»Das ist Moana.« Libby stellte die junge Frau vor. »Sie bleibt bei uns, ihr Dorf ist ebenfalls abgeschnitten.«

Moanas Lächeln versöhnte den eitlen Filmstar. Anstrengend, dachte Libby.

»Assistent, mach du das Foto!«, ordnete Jules an. »Dein Handy ist ja jetzt aufgeladen.«

Noah stellte sich einige Meter entfernt auf.

»Cheese!«, brüllte er. Alle machten den Breitmaulfrosch. Gewisse Dinge ändern sich nie, dachte Libby.

Nach Kontrolle des Bilds sah Jules noch Verbesserungspotenzial. »Kommt etwas näher, sonst sieht man euch nicht! Doppelcheese.«

Kaum hatte Noah ein Foto gemacht, das zu Jules' Zufriedenheit ausfiel, begann der Touristikpräsident das Gepäck auszuladen, während Gwendolin und Jules in Richtung Garten davonstapften.

Pjotr beugte sich zu Moana. »Sie sind ein Naturtalent«,

flüsterte er. »Die Kamera würde Sie lieben. Begleiten Sie mich zum Eingang?« Er hängte sich bei ihr ein. »Lassen Sie es mich wissen, wenn ich etwas für Sie tun kann.« Im Gehen nestelte er an der Brusttasche herum und holte eine Karte hervor.

Moana nahm sie höflich an, nur um sie gleich darauf verstohlen in den Schnee fallen zu lassen. Libby folgte ihnen und hob sie auf: Es handelte sich um eine unterschriebene Autogrammkarte in Schwarz-Weiß. Die Signatur war schwungvoll, und auf der Rückseite war der Fotograf vermerkt. *Rupert Jablonsky, 1994.* Rupert Jablonsky hieß er also. Eigentlich wenig erstaunlich, dachte Libby, dass die Bekanntschaft von Pjotr und Rupert bereits dreißig Jahre währte. Es passte ins Beziehungsgeflecht dieser Truppe.

Libby steckte die Karte in ihre Handtasche und stieß zu den anderen. Wie der Touristikpräsident angekündigt hatte, war das Grand Hotel Matterhorn weder ein charmantes Walliser Chalet noch ein moderner Betonglasbau, und mit dem legendären Belvedere hatte es gar nichts gemein. Es war vierstöckig, mit Feuchtigkeitsflecken an der Fassade und Gitterstäben vor den Fenstern sowie einem Holzladen, der alle paar Sekunden gegen den Rahmen krachte. Das einzig Originelle waren die Buchstaben in Schnürchenschrift, die durch ein halb verschneites Kabel verbunden zwischen zwei Balkonen blinkten. »Her_lich wi_lkomme_ i_ _randhotel Mat_er_orn!«

Die Eingangstür öffnete sich, und ein Mann in einem Overall und mit finsterer Ausstrahlung trat heraus. Er hatte einen Kurzhaarschnitt, ein zerfurchtes Gesicht und sah aus, als ob er auf einen Schlag viele Kilos verloren hätte.

»Das ist Tonino«, stellte ihn der Touristikpräsident vor. »Hauswart und bei Bedarf auch Butler.«

Wozu brauchte ein Schweizer Hotel einen Butler?,

fragte sich Libby. Andrerseits, wo ein Präsident, da auch ein Butler.

»Sollten Sie sich wundern, wir hatten hier früher viele britische Gäste, der Butler ist ein Überbleibsel. Jetzt aber hereinspaziert!« Der Touristikpräsident bedeutete Tonino, beiseitezutreten.

»Tja«, sagte Pommer, »dann wollen wir mal.«

In der Rezeption wurden sie von ausgestopften Tierköpfen begrüßt: drei Hirsche, in deren Augen sich das gelbliche Licht des Deckenlüsters spiegelte. Libby spürte eine Bewegung am Bein, es war Noah.

»Hirsche sind nicht gefährlich«, flüsterte sie. »Im Gegensatz zu denen da.«

Sie zeigte zur anderen Wand, wo zwei Gemälde mit steifen Kriegsherren und einer Dame mit Mieder hingen. »Am unverfänglichsten sind wohl die hier.« Damit meinte sie die Reihe von gerahmten Schwarz-Weiß-Aufnahmen direkt beim Portal.

Senfkorn beschnüffelte den abgetretenen und ausgefransten Teppich und begann, eindeutige Bewegungen an einem gobelinbestickten Hocker auszuführen.

»Er hat Durst. Geh noch mal raus und such nach Wasser«, sagte Libby zu Noah. Nicht nötig, dass der Bub das sah.

Noah witterte eine geheime Mission und gehorchte sofort. »Dann vertragen wir uns wieder, Frau Andersch?«

Sie nickte leicht. »Und jetzt geh.«

Als er weg war, blickte Libby sich um, genau wie die anderen. Die Farbe neben den Bildern war schimmelig grau, die wenigen Möbel waren mit Tüchern abgedeckt, in einer Ecke stand ein künstlicher Christbaum, aus dem Karton daneben quoll Lametta. Am Treppengeländer fehlten die Sprossen, und die Treppe selbst war von einem baumelnden Schild versperrt: »Zutritt verboten! Lebensgefahr!«.

Alle schwiegen, bis Pommer sich aufraffte. »Was für ein gemütliches Zuhause. So was habe ich mir schon immer gewünscht.«

»Sie können ja wieder gehen!« Toninos Tonfall ließ keinen Zweifel darüber, dass er es absolut überflüssig fand, die Filmleute zu beherbergen.

Wohl um ihn zu besänftigen, stimmte Nele leise das Ave Maria an, während Pommer ein positiveres Argument aus dem Ärmel schüttelte.

»Andrerseits passt shabby chic zu unserer modernen Interpretation von diesem alten Stoff.«

Und die Miete war bestimmt viel preiswerter als das Belvedere, dachte Libby. Nun kam der Touristikpräsident durch eine Seitentür herein und brachte frischen Wind mit.

»Das ist Herr von Thun«, stellte er Edgar Tonino vor, der ihm mit Tüten beladen gefolgt war. »Der Produzent des Films und gleichzeitig deine Ansprechperson.« Er wischte eines der Tücher weg, sodass es staubte und Edgar von Thun die Sachen auf den alten Empfangstresen stellen konnte. »Bitte sehr. Einmal Essen für heute Abend und morgen früh. Und Moonboots in verschiedenen Größen, die brauchen Sie, wenn Sie im Schnee arbeiten. Dazu die Zimmerverteilung.« Flugs faltete er einen Plan auf. »Tonino gibt euch die Schlüssel.« Damit eilte er zum Ausgang zurück. »Ich muss los, wenn ich meinen Bus noch sicher runterbringen will.«

»Moment.« Mette, die bislang zu allem geschwiegen hatte, stellte sich ihm in den Weg. »Wo sollen wir essen? Das Catering ist wichtig beim Film. Normalerweise haben wir einen Foodtruck, nur steckt der auch im Schnee fest.«

»Das wird schon irgendwie gehen.«

Tonino mischte sich ein. »Wie stellen Sie sich das vor, Chef? Der Speisesaal ist nicht benutzbar, der Keller ein Risiko, und vom Ballsaal rede ich gar nicht erst.«

Der Touristikpräsident funkelte ihn über die Schulter an. »Aber es gibt einen Salon und ein Fumoir. Und für einen Absacker natürlich unsere berühmte Whiskybar.« Damit ging er zum Ausgang und öffnete die Tür. »Fotos machen ist übrigens erlaubt, wir freuen uns, wenn Sie ein bisschen Werbung für diese einzigartige Location machen. Nach dem Umbau können wir viele Gäste brauchen. Bis morgen!«

Es knallte, als die Tür hinter ihm ins Schloss fiel. Erneut wurde es still, niemand wusste, was sagen. Unauffällig ließ sich Libby auf einem zugedeckten Sessel nieder und holte die Handarbeit hervor, ein wenig Stricken würde ihre Finger wieder aufwärmen. In dem Moment betrat die Diva die Rezeption von der anderen Seite. »Leute, ist das nicht herrlich hier! Der Garten ist absolut genial. Es gibt ein altes verschneites Labyrinth und dicht dahinter einen felsigen Abgrund, perfekt für die Schlussszene. Seid ihr dabei?«

Die Truppe blickte sich an. Libby hielt ihr Strickzeug so, dass sie alle im Visier hatte. Da fiel ihr auf, dass Pjotr Voss, von dem sie einen Kommentar erwartet hätte, leichenblass an eine Säule gelehnt stand.

»Nehmen wir es als Chance«, sagte Rupert. »Jules wird mit seiner Kamera großartige Bilder machen.«

Nele pflichtete ihm bei, indem sie vom *Ave Maria* zu *Let the sunshine in* wechselte, womit sie Pommer überzeugte.

»Pjotr und Gwendolin werden spielen wie die Wahnsinnigen, nicht wahr, Pjotr?«

Pjotr erwachte aus seiner Erstarrung. »Also gut. Gwendolin, wie gehen wir vor?«

Sie setzte eine Brille auf und las von einer Liste ab. »Ungefähr so gegen siebzehn Uhr ist es dunkel, bis dann müssen wir im Gartenlabyrinth alles aufgebaut haben. Wir drehen Szene 46, den Showdown. Jules hat die Kostüme bereits in den Keller gebracht, es gibt einen Eingang durch die Küche und eine Hintertreppe. Pommer, du kannst da auch die Maske einrichten. Rupert, wir brauchen einen Bildschirm.«

Plötzlich verstummte Nele mit ihrem Gesang. »Welche Fassung verwenden wir?«, fragte sie.

Es gab einen pantomimischen Austausch zwischen Edgar von Thun, Pommer und Mette.

»Na, meine Fassung natürlich«, sagte Gwendolin. »Welche denn sonst?«

»Aber wer spielt den Polizisten?«, fragte Nele. »Er ist eine wichtige Rolle, er vertritt Recht und Ordnung. Wer spielt das?«

»Rupert natürlich«, sagte Gwendolin.

»Welcher Rupert? Dein Mann?«

»Mein Ex-Mann, Nele!« Gwendolin wirkte gereizt. »Rupert war von Anfang an gesetzt. Er wird einen wunderbaren Polizisten abgeben.«

»Aber Rupert ist viel zu alt, er sieht aus wie Joe Biden. Und wer weiß, wie lange der noch lebt.«

Wusste Nele etwas, das sie dem CIA mitteilen sollte? Außer Libby schien sich niemand darüber Gedanken zu machen.

»Der Cast steht seit Monaten fest«, sagte Gwendolin. »Wenn du die E-Mails nicht liest, bist du selbst schuld. Und jetzt halt den Mund oder geh in dein Zimmer. Du bist bei Szene 46 eh nicht dabei.«

»Doch«, protestierte Nele und holte ein Skript aus ihrer Umhängetasche. »Im Drehbuch steht: Dienstmädchen

Bessie hilft Gregory. Er überlebt die Attacke seiner Frau Paula.«

»Blödsinn.« Gwendolin nahm ihr das Skript aus der Hand. »Woher hast du das?«

»Gestern Abend bekommen, per Expresspost.«

Gwendolin blickte zu Edgar von Thun. »Was soll das?«

Sein Blick irrte zu Pommer. »Hast du sie nicht informiert?«

Pommer räusperte sich. »Ich wollte, aber …«

»Fuck!«, brüllte Edgar, und vor Schreck ließ Libby eine Masche fallen. »Die Fassung ist mit den Geldgebern abgesprochen. Ich stehe da wie ein Idiot!«

Pommer wandte sich an Gwendolin. »Es ist ein versöhnlicher Schluss. Bessie unterstützt dich. Pure Frauenpower. Das wollten wir von Anfang an, so haben wir damals das Buch abgenommen. Deine Änderungen kamen erst später dazu, und mein Chef will sie nicht.«

»Was dein Chef will, ist mir egal. Es wird eine intime Zweierszene. Der Mörder und Paula. Und am Schluss ist er tot.«

»Nur über meine Leiche«, rief Edgar von Thun.

»Relax, Kinder.« Jules, der unbemerkt hereingekommen war, legte Gwendolin einen Arm um die Schultern. »Wir drehen beide Varianten. Und ihr entscheidet am Schneidetisch.«

Dank der vertagten Entscheidung entspannte sich die Stimmung, und bald sprachen alle wieder durcheinander, als ob nichts gewesen wäre. Nur Gwendolin blieb still. Wenn Blicke töten könnten, dachte Libby, während sie versuchte, die Masche wieder aufzunehmen, würden einige der Anwesenden Ingrid Bergman im Grab Gesellschaft leisten.

7

Weil sämtliche Mitglieder des Filmteams ein Einzelzimmer beanspruchten, bekamen Libby und Noah den Dachboden zugewiesen. Um da hinaufzukommen, mussten sie über die Hintertreppe, die in besserem Zustand war als die Haupttreppe.

Unterwegs holte Noah das Handy aus dem Rucksack. »Das ist TripAdvisor, die App, von der ich Ihnen erzählt habe. Das Grand Hotel Matterhorn hat ganz schlechte Reviews. Fünf Minussterne. Vor fünf Jahren.«

So etwas hatte Libby noch nie gehört. »Was meinst du mit Minussternen?«

»Das Hotel hat keinen einzigen von fünf. Also minus fünf.«

Kreativ, wie der Bub rechnete, fand Libby. »Und aus welchem Grund wolltest du mir das zeigen? Damit ich noch schlechtere Laune bekomme?«

Sofort begann seine Oberlippe zu zittern. »Mama checkt sonst immer die Reviews. Ich habe versucht, sie anzurufen, aber sie ist nicht erreichbar.«

Er wird mir doch nicht anfangen zu weinen, dachte Libby. Sie vermutete, dass der kleine Kerl Heimweh hatte, weil es auf die Schlafenszeit zuging. »Deine Mutter ruht sich bestimmt aus. So eine Gehirnerschütterung ist nicht ohne.« Sie zeigte auf die Zimmernummer 14. »Sieh mal, die Dreizehn fehlt. Das ist oft so in Hotels. Dreizehn ist eine Unglückszahl.«

Er fiel auf ihren Ablenkungsversuch herein. »Wird der ermordet, der da schläft?«

Libby hob die Augenbrauen. »Wer schläft denn da?«

Noah hatte den Plan vom Touristikpräsidenten abfotografiert. »Pjotr Voss«, sagte er, nachdem er nachgeschaut hatte.

Manchmal waren diese Handys gar nicht so schlecht, dachte Libby. »Der Star hat bestimmt das beste Zimmer bekommen.«

»Wieso ist der ein Star? Der hat noch schlechtere Reviews als das Hotel hier.«

»Und Gwendolin?«

Noah strahlte förmlich auf. »Die ist in *Superband* dabei. Meine Lieblingsserie. Sie spielt da die Oma.«

Na wunderbar, dachte Libby, da komm ich mir doch richtig jugendlich vor, wenn Gwendolin bereits eine Großmutter gespielt hat.

»Und welches Zimmer hat sie? Lass mich raten, sie ist bestimmt rechts von Pjotr und Rupert links.«

Er kontrollierte die Namen. »Sie wissen ja schon alles, Frau Andersch.«

»Nicht, wo Nele nächtigt.«

»Ganz hinten in der Ecke. Und Jules, Rupert, Mette die Pomeranze und Knete-Ede sind im ersten Stock.«

Noah sprach von diesen Filmleuten, als würde er sie ewig kennen, und Knete-Ede war ein treffender Name, das musste sie ihm lassen. »Wo schläft Moana? Sie braucht ja auch ein Bett.«

»Bei uns. Zusammen mit Senfkorn.«

»Ein Hund im Schlafzimmer?« Libby hob die Augenbrauen.

»Ich habe Ruprecht gefragt«, sagte Noah schnell. »Er darf.«

»Der Herr heißt Rupert. *Rupert*. Ruprecht ist ein Knecht.«

»Knecht Ruprecht ist geil. Den baue ich in meinen Vortrag ein. Und den da auch.« Er meinte eine Schaufensterpuppe in militärischer Uniform und mit Waffe, die im Flur neben dem Aufgang zum Dachboden stand. Die Inneneinrichtung des Hotels konnte man wahrlich besonders nennen.

Noah war an dem Maschinengewehr interessiert. »Ist die Knarre echt?«

»Das will ich nicht hoffen. Und jetzt auf in unsere Gemächer!«

Noah rannte voraus, sie folgte ächzend. Der Dachboden war wie erwartet vollgestopft, ungemütlich, eiskalt, und die Kippfenster verzierten Eisblumen. Außerdem gab es nur ein einziges Klappbett. Noah war bereits wieder bei der Treppe. »Ich bin viel zu spät, Jules braucht mich.«

»Halt, hiergeblieben«, sagte Libby. »Ich weiß nun, wie du deinen Fauxpas wieder gutmachen kannst.« Da es in dem Hotel vermutlich keine Bücher gab – zu Hause las sich Libby alles, was sie wissen musste, in der Bibliothek an –, kam sie nicht darum herum, ihn um Hilfe zu bitten. »Kontrollier mal etwas, bitte. Es geht um ein Theaterstück namens *Gaslicht,* das 1998 in Berlin aufgeführt wurde.«

Noah tippte schneller auf sein Handy ein, als Libby formulieren konnte, und noch bevor sie die letzte Silbe ausgesprochen hatte, erschien ein Wikipedia-Eintrag.

»Interessant«, sagte Libby, als sie die Besetzungsliste bemerkte. »Damals ist es genau andersrum gewesen. Rupert spielte den Bösewicht, Pjotr Voss den Polizisten, Nele die Lady Paula und Gwendolin Bessie, das mörderische Dienstmädchen.«

»Sie meinen, eine Fachangestellte Haushalt.«

»Fach-an-was?« Libby verkniff sich ein Lachen.

»Kann ich gehen?«

»Bald. Wenn du herausgefunden hast, wann Pjotr Voss und Gwendolin geheiratet haben.«

Das Datum war nirgendwo notiert. »Hier steht nur was von einer Verlobung, am 15. Juni 1998. Was ist eine Verlobung?«

»Erklär ich dir später, und jetzt lauf!«

Während Noah die Treppe hinunterpolterte und Libby ein paar mitgebrachte Stricksocken über ihre vor Kälte starren Füße zog, dachte sie über die Berliner *Gaslicht*-Produktion nach, aus der eine Verlobung und eine Scheidung hervorgegangen war. Aus welchen Gründen kam eine Truppe dazu, ein Stück, das derartigen Zündstoff bot, ein Vierteljahrhundert später noch mal als Film umzusetzen?

✳✳✳

Libby erwachte mit einem Ruck, sie hatte sich nur kurz auf dem Klappbett ausruhen wollen, nun zeigte die Uhr bereits sechs. Mehr abgespannt denn erfrischt stand sie auf, rückte die Brosche zurecht und warf ihr Lodencape um. So gerüstet, trat sie zum Dachfenster, das den Blick auf verschneite Lärchen und ein Stück Garten freigab. Es war dunkel geworden, zwei Scheinwerfer beleuchteten die Szenerie, wo die Vorbereitungen für die Dreharbeiten in vollem Gang waren:

Noah und Rupert stampften in Schneestiefeln einen schlangenförmigen Weg, vor einer Gartenlaube stand Mo-

62

ana mit einem Textbuch in der Hand und fragte Pjotr Voss ab, während Gwendolin und Jules einmal mehr in ein Gespräch vertieft waren.

Gerade als Libby sich wunderte, wo Mette und Pommer abgeblieben waren, vernahm sie ein Geräusch aus dem unteren Stock und entschied sich nachzusehen. Bei der Nummer 14 stand die Tür einen Spaltbreit offen. Als Libby sie aufstieß, tauchte ein geisterhaftes Gesicht auf. Sie spürte, wie ihr Herz einen Schlag aussetzte, bevor ihr klar wurde, dass sie einer optischen Täuschung aufgesessen war. An der Wand hing ein Spiegel. Er zeigte eine Person im Bademantel, mit einigen Kleidungsstücken über dem Arm und weißer Creme im Gesicht.

»Nele?«, fragte Libby. »Ich wollte nur nachschauen, ob Pjotr Voss etwas braucht.«

Nele blickte sie starr an. »Das ist Gwendolins Zimmer, nicht Pjotrs. Sie haben getauscht. Wegen des Spiegels, sie wollte einen Spiegel. Den brauch ich auch. Für mein Kostüm.« Sie holte Haarnadeln aus einem Jutesack. Dabei wurde Libby ihrer überlangen Fingernägel gewahr.

»Den Lack hab ich mir von Gwen geliehen. Sündhaftes Rot!« Nele pustete einmal darüber und drückte Libby die Nadeln in die Hand. »Eine nach der anderen, dalli, dalli.«

Die Schauspielerin schimmerte durch, daran gewöhnt, dass man sie bediente und hofierte. Sei's drum, dachte Libby, es war die Gelegenheit, an Informationen zu kommen, die in keinem Internetz zu finden waren.

»Ich habe bemerkt, dass es in dem Ensemble Spannungen gibt«, sagte Libby beiläufig, während sie Nele eine Nadel reichte.

»Das ist noch untertrieben, die Kacke ist am Dampfen.« Nele steckte eine Strähne am Hinterkopf fest. »In Gwendolins Schluss geht Lady Paula als Siegerin vom Platz.«

Weitere Strähnen kamen dazu. »Die Produktion will aber lieber ein offenes Ende.« Die Frisur sah aus wie ein Vogelnest. »Zu viel Frauenpower turnt die Männer ab, sagen sie.« Nun holte Nele einen Schminkstift aus dem Jutesack. »Mir solls recht sein, so habe ich auch einen Auftritt.« Sie begann, ihr rechtes Auge zu umkreisen.

»Sie haben früher Gwendolins Rolle gespielt, habe ich gelesen. Die Paula.«

Als Nele nickte, rutschte sie mit dem Stift ab. »Und Rupert war Gregory, der Mörder.«

»Sie und Rupert waren ja auch mal ein Paar.«

»Von der Schauspielschule an. Junge Liebe.«

Also hatten sie zusammen die Ausbildung gemacht, noch eine Verbindung, das Ganze wurde immer verschlungener.

Nele umkreiste das andere Auge und erzählte dabei, wie sie Gwendolin Rupert vorgestellt und wie es nach drei Monaten in einer Blitzheirat gegipfelt habe, die zerbrach, als Gwendolin Rupert ein Jahr später für Pjotr verließ. »Während *Gaslicht*, 1998. Ich weiß es noch, als wär's gestern gewesen.«

Nele drehte sich um, um das Resultat der Schminkerei zu präsentieren. Sie hatte für die Umrandung der Augen anstatt des schwarzen Kajals den roten gewählt und sah nun aus wie ein Vampir.

»Trotzdem haben Sie Kontakt gehalten?«, fragte Libby. »Sie und Rupert?«

»Na klar. Der alte Alkoholiker hat ja sonst niemanden außer mir.«

Rupert ein Alkoholiker? Das würde das Zittern der Hände erklären.

Nele ließ den Bademantel fallen. »Das Kleid!«

Ob so viel fülliger Nacktheit wich Libby zurück. »Ich bin keine Garderobiere.«

»Was sind Sie dann, die Köchin? Egal, es hängt draußen am Bügel.«

Libby half Nele in ein schwarzes Dienstmädchenkostüm und schloss den Reißverschluss.

»Die Schürze brauch ich nicht. Und das kommt in die Maske.« Damit meinte sie das Schminkzeug.

Als sie weg war, band sich Libby die Schürze um. Doch, so würde sie als Köchin durchgehen. Bevor sie den Lippenstift zudrehte, schnüffelte sie daran. Ranzig, uralt, Nele schien wenig zu arbeiten. Es war höchst eigenartig, dass sie von Scheinfilm engagiert worden war.

Sie steckte den Lippenstift in den Jutesack und beschloss, sich kurz in Gwendolins Zimmer umzusehen. Es gab ein breites Bett mit einem Holzaufsatz, Matratze und Decke, frische Wäsche mit Blumenmuster, einen Nachttisch mit Lampe und vergilbtem Schirm. Der Schrank war bis auf ein altes Sommerkleid – weder in Größe noch in der Machart zu Gwendolin passend – leer, er roch nach Mottenpulver. Am Kopfende des Bettes befand sich die Reisetasche und lose darüber liegend eine ausgeleierte Männerpyjamahose. Libby schob sie beiseite und öffnete den Reißverschluss. Ihre tastenden Finger stießen auf einen Schlüssel, ein Paar sehr hohe Stöckelschuhe und einen Roman, *Anleitung zum Glücklichsein*. Schließlich zog sie einen Schweizer Pass heraus, der auf den Namen Gertrud Bühler ausgestellt war; das Foto zeigte unverkennbar Gwendolin. Libby konnte gut verstehen, warum sie ein Pseudonym gewählt hatte, einfach nur Gwendolin klang besser als Gertrud Bühler.

Sie wollte die Tasche schon wieder schließen, als sie einen Geruch wahrnahm. Maiglöckchen, genauso wie es in der Zugtoilette geduftet hatte. Den Flakon fand sie ganz unten, eingewickelt in eine Socke. War Gwendolin doch im Zug gewesen? *Paula, was machst du? Dich töten, Gregory*, das waren die Worte gewesen, die Libby vor der Toilette belauscht hatte. Noch vor einigen Stunden hatten sie keinen Sinn gemacht, aber nun erkannte sie darin die Figurennamen aus *Gaslicht*. Es wäre absolut plausibel, dass die Hauptdarstellerin im Zug den Text für den ersten Drehtag übte und dabei die Stimme verstellte. Das Einzige, was nach wie vor nicht da reinpasste, war das Blut im Waschbecken, und dass sie offiziell per Helikopterflug von Hamburg hergekommen war.

In Libbys Überlegungen hinein hörte sie das Geräusch sich nähernder Schritte. Kam Nele zurück? Nein, sie klangen anders, schwerer. Libby packte den Jutebeutel und begab sich gerade noch rechtzeitig hinter die Tür. Jemand betrat das Zimmer. Die Person blieb stehen. Libby spürte einen Hustenreiz aufsteigen, sehr unangenehm, um nicht zu sagen, gefährlich. Sie konzentrierte sich auf die Atemübungen, die sie beim Singen im Chor gelernt hatte. Die Person ging zum Bett, in Richtung Schrank und noch mal zum Bett. Dann ein Rascheln. Und schließlich das Geräusch des Reißverschlusses, bevor sie wieder hinausging und die Tür hinter sich schloss.

Erst als das Knarren der Treppenstufen aufhörte, traute Libby sich hervorzukommen. Ihr Blick fiel auf einen dunklen Fleck am Boden. Was aussah wie ein Käfer, war in Wirklichkeit ein Bonbon, so eines, wie Pjotr es gegessen und in den Schnee gespuckt hatte. Auf Zehenspitzen ging Libby zur Reisetasche und schob die Pyjamahose erneut beiseite. Dann fasste sie hinein. Pass, Parfüm, alles wie davor. Nur dass ein Gegenstand hinzugekommen war. Libby nahm ihn heraus. Es war eine Feder. Ein spitzes Schreibwerkzeug aus Stahl.

Und es war blutverkrustet.

8

Vorsichtig stieg Libby die Haupttreppe hinunter, nachdem sie die spitze Feder in eine Plastiktüte verpackt und in ihre Handtasche gesteckt hatte. Sie sah eine Hand vor sich, wie sie sich hob und wieder senkte, wie die Feder in die Haut eintrat und sie durchbohrte, wie Blut ins Zugwaschbecken tropfte und wie die andere Hand die Tropfen wegwischte. Dabei stolperte Libby auf der dreizehnten Stufe, was sie nach kurzem Nachzählen feststellte. Der Teppichläufer hatte an der Stelle ein Loch, unter dem zersplittertes Holz hervorkam; lebensgefährlich so etwas, zumal das Schild mit dem Hinweis weg war.

Die Tür zum Vestibül öffnete sich, und Pommer kam in die Rezeption. »Haben Sie Gwendolin gesehen?« Ihre geschäftige Stimme vertrieb die etwas gruselige Atmosphäre auf der Stelle.

»Ich glaube, sie ist am Filmset. Wissen Sie, wer das Gefahrenschild bei der Treppe weggenommen hat?«

Pommer verneinte. »Kommen Sie doch bitte mit.«

Libby folgte ihr in den benachbarten Salon. Bei den verhüllten Möbeln schien es sich um Stühle zu handeln, dazu gab es eine hölzerne Standuhr, die um kurz nach Mitternacht stehen geblieben war, sowie einen ramponierten Esstisch, der Platz für eine große Gruppe bot. Über die verglaste Fensterfront und eine Terrasse sah man bis zum Rosenlabyrinth.

»Da sitzt Gwendolin doch!«, sagte Libby. »Im Klappstuhl unter dem Schirm.«

»Nein, das ist Jules. Sie sind wohl kurzsichtig.«

Der Kameramann hatte sich ihren Hut angezogen.

»Macht er das öfter, anderen die Hüte entwenden?«, fragte Libby.

»Er ist ein Spaßvogel.«

Bislang war er Libby nicht aufgefallen, aber das änderte sich gerade. Es war, als ob in ihrem Hirn sämtliche Blickwinkel durcheinandergewirbelt und neu zusammengesetzt würden. Jemand anders könnte sich im Zug als Gwendolin ausgegeben haben. Nicht Jules natürlich; auch wenn er genauso groß wie Gwendolin war, von ähnlicher Statur, und mit dem blonden Haarknoten und den feinen Gesichtszügen etwas Weibliches hatte, so war er doch unverkennbar – wie hatte Noah es genannt? Ah ja, er war männlich gelesen. Aber jemand anders könnte es gewesen sein. Gwendolin hatte von einem Zufall gesprochen, weil es den Hut überall zu kaufen gab. Was aber, wenn es Absicht gewesen wäre? Libby beschloss, dem nachzugehen, wenn sich die Gelegenheit bot.

»Jules ist ganz allein«, sagte sie. »Wo sind denn alle anderen hin? Eben waren sie noch da.«

»Verpflegen sich, bevor es losgeht.«

Pommer zeigte zur eingeschneiten Gartenlaube, wo Rupert, Noah, Pjotr und Moana zu sehen waren, dick eingepackt und dabei, in Sandwiches zu beißen. Daneben, in gebührendem Abstand, Tonino.

»Auf solchen Drehs wird viel gefuttert. Kümmern Sie sich ums Abendessen? Ich muss in die Maske.«

Meinte sie damit, Libby solle kochen? Erst Garderobiere, nun Köchin. Was die bloß alle in ihr sahen! Libby hob den Jutesack. »Der gehört Nele.«

Pommer nahm ihn ihr ab. »Zuerst muss ich Gwendolin finden. Wegen dem Schluss.« Bei der Tür hielt sie inne. »Wo gibt es hier eigentlich was zu trinken? Meine Nerven!«

»Vermutlich in der Whiskybar.«

»Die ist geschlossen. Wurde nicht ein Fumoir erwähnt?«

Libby öffnete aufs Geratewohl eine Tür.

Der Raum ähnelte dem Salon, mit Ausblick auf das Rosenlabyrinth. Es gab ein Buffet, verhüllte Sofas und Sessel, sowie etwas versteckt in einer Ecke eine altmodische Telefonkabine. Dieser Anblick beruhigte Libby. Sobald Pommer weg wäre, würde sie einen Anruf tätigen und damit in gewisser Weise Vorsorge treffen.

Erst aber öffnete sie das Buffet. Darin standen verschiedene Schnapsgläser sowie eine halb volle Flasche Apricotine, der Schnaps aus der Region, und eine Flasche Wodka.

»Hallo?«, rief jemand, was Pommer einen spitzen Schrei entlockte.

Mette, die Produzentin, kam aus der Telefonkabine, ihr Laptop in der Hand, den Trenchcoat über dem Arm, die Pulswärmer hatte sie fast bis zu den Fingerkuppen gezogen. Sie schien zu frieren.

»Was tust du hier?«, fragte Pommer.

»Ist ein ruhiges Eckchen. Ich habe mir die letzte Szene noch mal angeschaut.«

»Genau darum suche ich Gwendolin.«

»Sie will keinen Kompromiss, wie Jules vorgeschlagen hat. Sie besteht auf ihrer Version.«

»Aber mein Chef ist nach wie vor dagegen. Ich habe ihn angerufen.«

»Wir machen es, wie Gwendolin sagt. Der Bösewicht

muss sterben. Als Zugeständnis akzeptiert sie Bessies kleinen Auftritt. Damit ist auch der Thunfisch zufrieden.«

»Ich verstehe das nicht.« Pommer war sichtlich aufgewühlt. »Wir vom Sender wollen die Fassung, so wie sie von Anfang an war.«

»In zwei Jahren können sich Dinge ändern, Pommer«, sagte Mette. »Sieh dir die Welt an. Eure Vorläufe sind einfach zu lang, nicht mehr zeitgemäß, ein typischer Staatssender.«

»Dafür bekommen du und Edgar viel Geld. Wir wüssten gerne, wie es verwendet wird. Das sind wir den Steuerzahlerinnen schuldig, den Frauen ab fünfunddreißig, die zuverlässigsten Kinogängerinnen, unser Zielpublikum. Frauen wie wir beide.«

Mette goutierte die Gleichstellung mit Pommer gar nicht. »Ich bin kein Gradmesser, ich würde niemals in einen Film mit Pjotr Voss gehen.«

»Wieso produzierst du dann einen Film mit ihm?«

Mette blieb ihr die Antwort schuldig.

Als Libby den Schnaps servierte, kippte Pommer gleich beide hinunter, danach ging sie zur Tür. »Ich bin in der Maske, um einen Super-GAU zu verhindern. Nele hat sich angezogen wie für einen Kostümball und ist grauenhaft geschminkt.«

Sie blickte über die Schulter zurück. »Kommst du mit, Mette?«

»Ich habe Kopfschmerzen.«

»Du bist wirklich eine große Hilfe.« Die Tür knallte, Pommer war weg.

Mette schlüpfte in ihren Trenchcoat, packte das Laptop ein und klappte die Brille zusammen. Am Fenster warf sie einen Blick in den Garten. »Es ist anders als sonst.« Ihre Stimme wirkte versonnen. »Normalerweise stünden sich etwa dreißig Leute auf den Füßen herum. Das Catering würde im Foodtruck angeboten werden, die vom Licht würden jeden Winkel ausleuchten, die vom Szenenbild Schneeverwehungen herumschieben. Es würden Schienen durch das Labyrinth gelegt, für eine Kamera, die hinter Gwendolin herfahren und jede ihrer Bewegungen einfangen würde, es gäbe eine zweite Kamera für ihre Reaktionen, Nahaufnahmen, nachdem sie zwei Stunden in Kostüm und Maske war.« Sie atmete tief durch. »Das hier ist die minimalistische Version.«

»Ist das nicht genau Gwendolins Stil?«, fragte Libby.

Mette blickte sie zum ersten Mal richtig an. »Wer sind Sie noch mal? Hat der Touristikpräsident Sie engagiert?«

Libby nickte vage, es schien das Einfachste.

Kaum war Mette gegangen, trat sie zu der Telefonzelle in der Ecke. Darin gab es einen Hocker und eine kleine Ablage mit einem schwarzen Schnurtelefon. Sie zog die Tür hinter sich zu, setzte sich hin und holte ihr kleines Adressbuch aus der Handtasche. Ein Bekannter aus dem Chor arbeitete als Polizist bei der Zürcher Kripo. Libby mochte ihn, weil er nicht gleich etwas in Abrede stellte, nur weil es ungewöhnlich war.

Sie hob den Hörer, und das Freizeichen ertönte. Während die Verbindung aufgebaut wurde, überlegte sie ihr Vorgehen.

»Kripo Zürich, Meier«, ertönte eine sympathische Stimme am anderen Ende.

Libby nannten ihren Namen, erklärte, wo sie sich befand und was sie von ihm wollte. Danach blieb es so lange still, dass sie dachte, die Leitung wäre unterbrochen. Bis der Kommissar sich räusperte.

»Habe ich das richtig verstanden, Sie möchten eine Schreibfeder auf Blutspuren untersuchen lassen?«

»Eine sehr spitze Schreibfeder. Ein eigentliches Mordwerkzeug.«

»Und einen Abgleich mit Spuren veranlassen, die möglicherweise in einem Waschbecken in einer Zugtoilette sicherzustellen wären.«

»In Waggon 17, ganz vorne. Natürlich waren da in der Zwischenzeit viele Leute drin, aber Blutspuren sind ja hartnäckig. Man kriegt die kaum mehr weg.«

»Da haben Sie recht. Es ist nur so, wo kämen wir hin, wenn wir alle Blutspuren untersuchen würden?«

»Das verstehe ich, aber Vorsicht ist die Mutter der Porzellankiste.«

Er war kein Anhänger alter Sprichworte. »Blutspuren können ja durchaus auch natürliche Hintergründe haben, vor allem in einer Zugtoilette. Die Person war weiblich, haben Sie gesagt?«

Libby seufzte, es würde schwierig werden, Kommissar Meier zu überzeugen. Aber aufgeben war keine Option. Sie erinnerte sich an eine Folge vom Krimiklub, wo ein blutiger Salatschäler eine zentrale Rolle gespielt hatte und an die sehr besondere Methode, wie die fälschlich Verdächtigte dieses Beweismittel zur Polizei geschafft hatte. Und dann erfand Libby in Windeseile, dass sie für eine Hörspielfolge an einem Wettbewerb teilnehme und die volle Punktzahl anpeile. »Ich bin sicher, dass niemand sonst auf die Idee gekommen ist, einen echten Kommissar zu bemühen.«

Sein Lachen war pflichtschuldig, aber Libby war noch nicht am Ende. »Hätten Sie mich ernst genommen, wie wäre dann das weitere Vorgehen gewesen?«

Er beschrieb in knappen Worten, dass sie einen Fall eröffnen und jedem Beweis eine Identifikationsnummer zuordnen würden, eine lose Zahlenfolge. Die wäre besonders wichtig, da im Fall einer Zugfahrt über kantonale Grenzen hinweg eine interkantonale Zusammenarbeit angepeilt werden müsse.

Bevor er auflegte, bat sie den Kommissar um einen letzten Gefallen. »Warten Sie, bitte. Ich bin gleich wieder da.«

Sie eilte aus der Kabine und zum Fenster. Nachdem sie es aufgestemmt hatte – es klemmte –, pfiff sie so laut durch Zeigefinger und Daumen, dass Senfkorn, der Hund, zu bellen begann.

Wie erhofft kam Noah angerannt.

»Gib mir mal die Nummer von deinem Handy«, sagte Libby.

Noah ratterte sie herunter, und Libby tat gleich darauf am Telefon dasselbe. »Das Gerät hat ein Akkusativproblem ...«

»Soll das ein Gag sein?«

»Pardon. Ich meine, das mit diesem Akku, aber der Besitzer löst es immer irgendwie. Würden Sie ihm eine erfundene Zahlenfolge schicken? So kann ich möglicherweise als Siegerin aus dem Spiel hervorgehen.«

9

Unter den reichhaltigen Vorräten, die der Touristik-präsident in seinem Korb hinterlassen hatte, waren zwei salzige Kuchen, eine Walliser Spezialität namens Cholera, bestehend aus Lauch, Kartoffeln, Käse und Äpfeln. Das Gute daran war, dass sie nur noch aufgewärmt werden mussten, denn Libby war vieles, nur keine Köchin. Zum Glück brannte bereits ein Feuer. So schob sie die beiden Kuchen in den Ofen des Holzherds, gab eine Menge gemischten Salat in eine riesige Schüssel, schleppte Teller und Besteck auf einem Tablett in den Salon und deckte den großen Tisch. Danach stellte sie sich vor den alten Radioapparat, der auf einem Buffet stehend ihre Aufmerksamkeit geweckt hatte. Falls man hier Radio Beromünster empfing, könnte sie sich ein paar Minuten vom Krimiklub gönnen und dazu eines der Sandwiches essen, die ebenfalls im Korb gewesen waren. Leider gab das Radio nicht mal knisternde Störgeräusche von sich, sosehr Libby auch den Frequenzknopf in alle Richtungen drehte, es war einfach nur tot. Dieser Noah, dachte Libby, was hat der Bub mir da eingebrockt. Sie beschloss, bei den Dreharbeiten zuzuschauen, besser als nichts. Eine Pelerine, die an einem Haken in der Küche hing, kam ihr so gelegen wie ein Paar der Moonboots. Als sie durch die Flügeltür die Terrasse betrat, versank sie sofort bis zu den Knien im Schnee. Immerhin schneite es weniger stark.

Die Szenerie war eindrücklich. Links und rechts des Wegs hatten Noah und Rupert eine Mauer geformt, die Scheinwerfer ließen dieses Labyrinth wie ein Winterwunderland aussehen. Auf dem Regiestuhl unter dem Sonnenschirm saß die in eine Decke gehüllte Gwendolin, die Jules letzte Anweisungen gab. Daneben stand Rupert und machte Notizen. Libby stellte sich schräg hinter Edgar von Thun und Pommer.

»Alles auf Anfang«, rief Rupert, der auf seine bescheidene Weise ebenso professionell wirkte wie Gwendolin. Libby begann, ihn zu mögen.

Gwendolin stand auf und zog sich in die Dunkelheit zurück, Jules positionierte sich, und Noah stemmte eine Stange mit einem Mikrofon in die Luft. Der kleine Kerl war stolz wie Bolle. Fast wünschte sich Libby, ein Handy zu haben, um seiner Mutter ein Foto zu schicken.

»Noch eine Minute!«, rief Rupert und setzte sich unter den Schirm vor den Monitor.

Auf der gegenüberliegenden Seite hielten sich Pjotr und Nele bereit.

»Gwen!«

In einer divenhaften Geste warf Gwendolin Jacke, Kapuze und die Wolldecke ab. Was für eine Erscheinung, dachte Libby und mit ihr vermutlich das ganze Filmteam. Sie trug ein schillerndes Abendkleid, ihre Schultern waren entblößt, ihre Arme lang und feingliedrig, mit Handschuhen, die ihr über die Ellbogen reichten. Die Absätze der Pumps waren so hoch wie ein Lineal. Libby kannte sie, sie waren noch vor Kurzem in ihrer Reisetasche gewesen.

»Kannst du mit denen laufen, Gwen?« Rupert sah skeptisch aus.

»Immer.« Sie nickte Jules zu. »*One take.*«

Jules schulterte seine Kamera. »*One take*, das kriegen wir hin, Baby.«

»Und bitte!« Rupert hatte das Kommando gegeben, es ging los.

Gwendolin lief über den zugeschneiten Weg, ihre hohen Schuhe hinterließen vogelartige Spuren. Schneeflaum fiel silbern im Licht der Scheinwerfer und perlte von ihrem dunkel glänzenden Haar wie auch von ihrem Kleid ab. Libby vermutete, dass sie es behandelt hatte, Silikon, Propan oder ganz profane Weichmacher, all das war wasserabstoßend.

Kurz vor dem Innersten des Labyrinths blieb sie stehen.

»Gregory«, rief sie. »Ich weiß, dass du hier bist. Die Polizei ist im Haus. Ich habe gesagt, dass ich einen meiner Ohrringe vergessen habe, doch anstatt nach oben zu gehen, bin ich durch den Seitenausgang geflohen. Mir bleiben nur wenige Minuten. Ich werde dich nicht verraten, aber du bist mir eine Erklärung schuldig.«

Libby blickte ins Labyrinth, wo sie Pjotr vermutete. Er brach links durch die Lärchen und kam mitten im Lichtkegel zum Stehen, in Mantel, Frack und Zylinder.

»Oh, da bist du ja.«

Gruselig, wie sich ihr Tonfall veränderte, dachte Libby. Von der selbstbestimmten Frau zum Opfer.

»Paula«, sagte er. »Bist du verrückt? Du holst dir den Tod.«

Er schlüpfte aus seinem Mantel und wollte ihn um ihre Schultern legen, doch sie wich ihm aus, was ihn wiederum so irritierte, dass seine Stimme ganz kalt wurde. »Daran ist der Kommissar schuld. Er versucht, uns auseinanderzubringen. Er redet dir ein, dass du dir Dinge einbildest.«

Pjotr sah sie mit jenem Blick an, den Libby von seinen

früheren Filmen kannte. Abgebrüht und aufmerksam zugleich. Sie hingegen schien ihn nicht wahrzunehmen, schaute an ihm vorbei in die Ferne.

»Nein, nicht der Kommissar, du tust das. Das Flackern des Lichts, die Gegenstände, die verschwinden, die Verabredungen, die nicht stattfinden … Du hast gesagt, dass ich mir das bloß einbilde, Gregory.«

»Weil ich dir damit die Angst nehmen wollte.«

Sie nickte. »Genau das habe ich dem Kommissar erklärt. Und nun hält er dich für den Schuldigen.«

Dem Dialog zuzuhören, verschraubte Libbys Hirn. Das war recht genial, fand sie, so kam man genau in den Zustand, in dem sich die Figur der Paula während des ganzen Films befand. Libby hatte ihn in jungen Jahren mehrfach gesehen und spürte die Beklemmung von damals.

Da Pjotrs dunkler Mantel immer mehr von Schnee bedeckt wurde, verschmolz er förmlich mit dem Hintergrund, während Gwendolins Konturen immer schärfer wurden. Ein optischer Effekt, der vermutlich auch mit diesem CGI möglich wäre; so aber, so live, so vor Libbys Nase, war er magisch.

»Erklär ihm, dass er sich irrt«, sagte Pjotr alias Gregory. »Geh und sag das dem Kommissar. Ich warte hier auf dich.«

Gwendolin als Paula nickte. Als sie sich von ihm löste, wankte er, fing sich jedoch gleich wieder.

»Aber es wird nichts nützen, da er mich ja für verwirrt hält.« Plötzlich hatte ihre Stimme scharf geklungen.

Gregory holte Luft. »In dem Punkt nimmt er dich eben ernst.«

»Wieso sollte er?«

»Nun, weil er dir ja …« Gregory erkannte die Falle, in die er getappt war. »Er vertraut dir.«

Er wankte erneut, kam ins Stolpern, seine Lederschuhe rutschten. Libby hatte den Verdacht, dass er das nicht nur spielte. Sie ließ sich alle Begegnungen mit ihm durch den Kopf gehen. Egal, mit wem er sprach, er suchte immer eine Wand, eine Stuhllehne oder eine Schulter, um sich abzustützen. Libby erinnerte sich an einen Mitarbeiter am Institut für Chemie, der sich ganz ähnlich verhalten hatte.

»Er vertraut mir, sagst du?« Paula riss ihre Augen auf, sie waren so groß und so rund wie Teiche. »Aber das tut er ja nur, weil er will, dass ich dich belaste. Und dabei bist du unschuldig. Du hast doch nichts mit dem Tod meiner Tante zu tun, oder?«

Gregory schüttelte den Kopf. »Du warst ja dabei.«

»Ich könnte bezeugen, dass sie sich umgebracht hat, anderseits war ich schon damals nicht recht bei Trost.«

In dem Moment hatte Nele ihren Auftritt als Bessie. Sie kam durch den hinteren Teil des Labyrinths. »Monsieur Gregory, ich sollte Ihnen behilflich sein?«

In dem eng geschnürtes Miederkleid und der sich auflösenden Frisur sah sie ziemlich überwältigend aus, die rot umrahmten Augen verstärkten den Effekt. Das war kein Versehen, sie weiß genau, was sie tut, dachte Libby, und war beeindruckt.

»Gut, dass Sie kommen, Bessie«, sagte Gregory. »Sie müssen dem Kommissar erklären, dass meine Frau nicht mehr verwirrt ist.«

Bessie lachte. »Ich bezeuge, dass Ihre Frau lügt.«

»Eben nicht. Sie ist geheilt.«

Paula stieß einen hohen Schrei aus, der so unerwartet kam, dass alle zusammenzuckten.

»Scher dich zum Teufel, Bessie.«

Bessie blickte von ihr zu Gregory und wieder zurück. »Zu Befehl.« Von Paula beobachtet, stakste sie davon.

»Da geht sie hin, deine Gehilfin.« Paula gab Gregory einen Stoß. »Spring.« Sie begann, auf ihn einzureden, und drängte ihn dabei immer weiter zum Waldrand. »Du willst nicht ins Gefängnis. Ich werde dich nicht besuchen, und einen Anwalt, um dich rauszuholen, kann ich mir auch nicht leisten, denn mein Geld ist weg, du hast alles verprasst. Darum spring! Da vorne ist ein Abgrund, es ist die einzige Lösung.«

Damit drehte sie sich um und ging davon, während Pjotr alias Gregory vollständig eingeschneit zurückblieb.

»Cut«, rief Rupert. »Super improvisiert, Gwen! Ein One-Hit-Wonder. *First take!*«

Jubel brach aus. Jules kam hinter der Kamera hervor, Noah brüllte, Senfkorn bellte, Pommer öffnete Champagner – sie hatte Tonino losgeschickt, der nun mit Gläsern ankam –, alle lagen sich in den Armen. Bis auf Gwendolin, die bereits weg war, weil sie sich etwas Warmes anziehen wollte. Dass der Wind stärker geworden war und den Sonnenschirm davonwirbelte, tat der guten Stimmung keinen Abbruch. Als Libby nach einer gewissen Zeit etwas beschwipst, weil sie sich auch ein Gläschen gegönnt hatte, durch den aufkommenden Wind zum Grand Hotel zurückstapfte, sah sie Mette am Fenster des Salons stehen. Sie hat alles beobachtet, dachte Libby. Plötzlich roch es verbrannt. Ach du liebes bisschen, sie hatte die Cholera im Ofen vergessen.

10

Für die Behauptung, die Kuchen seien von knuspri-
gem Hellbraun, brauchte es schon viel Phantasie,
aber das müsste diese Truppe ja von Berufs wegen mit-
bringen, dachte Libby. Sie würde eine kaschierende Soße
zusammenrühren, mit Käse, Ei und einem Gutsch Schnaps.
Als Libby den Salon betrat, waren von irgendwoher neun
Schläge zu vernehmen. Mette war verschwunden, dafür
saß Gwendolin am gedeckten Tisch. Sie hatte ihr Haar in
ein Frottiertuch gehüllt, trug eine dick gerahmte Brille,
eine Strickjacke sowie die Pyjamahose aus ihrem Zimmer
und hatte die Beine unter sich verschränkt, was auf dem
zierlichen Metallstuhl ziemlich akrobatisch aussah. Den
Teller hatte sie beiseitegeschoben, um Platz für ein Notiz-
heft zu machen.

»Entschuldigung.« Libby deponierte die beiden Gemüse-
kuchen in der Mitte des Tisches. »Ich wollte nur etwas
Schnaps holen, für die Soße.«

Gwendolin deutete mit einem Suppenlöffel zum Buffet.
»Wodka steht da drüben.« Sie hatte mit vollem Mund gesprochen.

Libby konnte nicht umhin zu sehen, was sie da direkt
aus einer großen Packung aß.

»Zitronensorbet? Obwohl Sie gerade aus der Kälte kommen?«

»Dann schmeckt es am besten.« Gwendolin blickte ernst drein hinter ihren Brillengläsern. »Bin süchtig.«

»Das kann ich gut verstehen.« Wenn Libby eine Schwäche hatte, war es Zitronensorbet. »Hat das der Touristikpräsident für Sie mitgebracht?« Sie trat näher, um sich die Marke anzusehen.

»Nö, Jules. Er hat mir auch eine Kühlbox geschenkt, damit es immer gefroren bleibt.« Gwendolin schob einen übervollen Löffel in den Mund. »Morgen …«, sie klopfte auf ihre nicht vorhandene Hüfte, »… werde ich alles wieder abarbeiten.«

Libby fand das übertrieben. »Was wollen Sie denn abarbeiten? Da bleib ja nichts mehr.«

»Ich war nicht immer so, müssen Sie wissen. Ich war mal eher wie …«

»Wie ich?« Libby war nicht beleidigt. »Bin ich halt rund, na und? Das Leben ist zu kurz, um kein Zitronensorbet zu essen. Klingt abgedroschen, passt aber in meinem Fall.«

Gwendolin lachte. »Wollen Sie auch?« Sie hielt Libby die Packung hin.

Libby entschied sich, dass gemeinsames Eislöffeln zur weiteren Vertrauensbildung beitragen könnte, und holte einen kleinen Mokkalöffel und eine Schale aus dem Buffet. »Gratuliere, Sie sind eine tolle Paula.« Sie setzte sich neben Gwendolin auf einen hölzernen, wackligen Stuhl. »Darf ich Sie trotzdem noch mal was fragen? Es klingt vielleicht seltsam, aber mir schien wirklich, als hätte ich Sie heute Morgen im Zug gesehen.«

Gwendolin schleckte ihr Eis. »Sie wiederholen sich.«

Libby nickte, das war ihr selbst klar. »Und?«

Gwendolin überlegte. »Nun, Sie haben recht.«

Aha. Also doch. »Und was war mit dem Heli?« Libby nahm sich ein wenig Sorbet.

»Pjotr und Edgar sind tatsächlich im Helikopter gekommen, aber nicht von Hamburg, sondern vom Flughafen Dübendorf. Es war nur ein kleiner Chopper mit zwei Plätzen, ein Sonderangebot, der Flug hat etwa eine halbe Stunde gedauert.«

»Warum, um Himmels willen?«, fragte Libby, die sich keinen Reim drauf machen konnte.

»Pjotr will den Leuten das Gefühl geben, er sei wichtig. In dem Fall wollte er Mette, die Produzentin, beeindrucken.«

Wenn Libby an Mette im eng gegürteten Trenchcoat dachte, war sie sicher, dass eine solche Aktion das Gegenteil bewirken würde, erst recht, wenn sie auffliegen sollte, im wahrsten Sinn des Wortes.

Gwendolin schaffte es, weiterzulöffeln, gleichzeitig zu sprechen und dennoch nichts von ihrer Grazie zu verlieren. »Wir hatten deswegen einen großen Streit. Schließlich hat er meinen Vorschlag angenommen: Ich bin mit dem Zug gefahren. Und in Göschenen habe ich ihn am Landeplatz abgeholt.«

Libby legte den Löffel sorgfältig in die Schale zurück. »Da bin ich erleichtert. Ich dachte mir nämlich schon, dass ich es mir eingebildet hätte. Wie Paula. Und dabei habe ich Sie von der Toilette weggehen sehen. Bestimmt haben Sie auch eine Erklärung für das Waschbecken …«

Gwendolin unterbrach sie. »In der Zugtoilette war ich nicht, ich meide sie nach Möglichkeit, ich habe nämlich eine kleine Viren-Phobie. Aber das hatten wir ja bereits geklärt. Die Verwechslung lag an meinem Hut.«

Wenn es nicht Gwen war, wer dann?, überlegte Libby, fragte ihr Gegenüber aber: »Wieso tragen Sie den überhaupt?«

Gwendolin nahm das Tuch vom Kopf. Darunter kam

eine strubbelige Kurzhaarfrisur hervor. »Frühzeitig ergraut. Mein Coming-out steht noch bevor.«

Darum war ihr Haar rötlich und dann wieder schwarz gewesen, es waren Perücken. »So sieht es viel besser aus, wenn ich das so sagen darf.«

»Danke.« Gwendolin nickte. »Aber in meinem Beruf … Solche Dinge sind nicht einfach. Auch heute noch.«

»Probieren Sie es damit.« Libby schraubte den Deckel von der Wodkaflasche und goss sich einen kleinen Schluck über den Rest des Eises. Dann verspeiste sie das Ganze mit einem Bissen.

Gwendolin starrte sie an. »Zitronensorbet-Shot, danke für den Tipp.« Sie tat es Libby nach. »Macht die Gedanken glasklar. Sehr cool.« Sie verschloss die Eisverpackung, die noch drei Viertel voll war, und klemmte sie sich zusammen mit ihrem Schreibheft unter den Arm. Die Wodkaflasche nahm sie in die andere Hand. »Falls Pjotr nach mir fragt, ich komme nach dem Essen runter. Jetzt muss ich erst meine Notizen durchsehen, für den Dreh morgen. Das war ja erst der Anfang.«

»Sie schreiben von Hand? Sehr löblich. Ich habe bemerkt, dass die junge Generation das kaum mehr tut.«

Wenn Gwendolin diese Bemerkung eigenartig fand, zeigte sie es nicht. »Ich schreibe gerne von Hand. Manchmal sogar mit Tinte.«

Ein Hut im Ausverkauf, eine Feder, die ausrutschte und die Haut ritzte – sollte die Erklärung so banal sein?, fragte sich Libby. Eine Koinzidenz verschiedener Ereignisse, gefolgt von einer einseitigen Wahrnehmung und darauf beruhend einer Interpretation, und schon war sie auf eine völlig falsche Fährte geraten.

Als Gwendolin zur Tür ging, wurde Libby bewusst, dass der Wind draußen zu einem Sturm geworden war. Es pfiff aus einigen Ritzen, sogar die Fensterrahmen knirschten. Libby stand ebenfalls auf. »Er hat Schwierigkeiten mit dem Gehen, nicht wahr? Ich meine, Pjotr. Es ist mir gleich aufgefallen. Als ob er einen Schlaganfall gehabt hätte. Ich kenne die Anzeichen, müssen Sie wissen. Er kann froh sein, dass er Sie hat.«

Gwendolins war stehen geblieben. »Wie scharfsinnig von Ihnen.« Sie drehte sich um und schenkte Libby einen warmen Blick. »Dass Pjotr versucht, weiterhin den Helden zu spielen, ist das Anstrengendste. Nur Rupert weiß es. Und jetzt Sie.« Sie machte eine Geste zum Abschied. »Behalten Sie es für sich.« Fast schon im Flur, steckte sie noch mal den Kopf herein. »Was sind Sie noch mal? Ich meine, nicht Ihren Namen, warum Sie hier sind.«

»Ich begleite den Jungen, Noah. Seine Mutter ist im Krankenhaus.«

»Ich dachte, er ist Ihr Enkel?«

»So in der Art. Es war nett, mit Ihnen gesprochen zu haben. Sie haben großartig gespielt. Ein Opfer, das keines ist. Das gefällt mir.«

***

Zurück in der Küche war es höchste Zeit, die Soße zuzubereiten. Während sie Käse und Sahne zusammenrührte, stürmte Noah durch die Hintertür und brachte vollkommen durchnässte Schuhe und eine Windböe mit. Auf seinem Handy zeigte er ihr ganz schnell hintereinander einige Fotos von den Dreharbeiten, im Zeitraffer, wie er erklärte. Er wolle das für den Vortrag nehmen.

Na also, es ging doch, dachte Libby und schlug ihm ein Interview mit Gwendolin vor, weil sie ein echter Star sei.

»Geil«, fand Noah. »Ich frage sie, wie alt sie ist und wie viel Kohle sie kriegt.«

Libby verzog den Mund. »Ich bin gespannt auf ihre Antwort.«

Die Tür flog wieder auf, und nun drängte der ganze Rest herein. Nachdem sie sich der feuchten Kleidung entledigt hatten, saßen alle im Salon am Tisch, die Scheiben beschlugen, und es wurde warm.

Gwendolin sei dabei, sich umzuziehen, erklärte Libby. »Sie muss erst auftauen.« Allgemeines Gelächter, Libby bekam einige freundliche Blicke.

»Wir lassen ihr ein Stück übrig.«

Sie waren so hungrig, dass sich niemand über den verbrannten Kuchen beklagte. Alle griffen zu, bis auf Nele, die behauptete an einer Lauchallergie zu leiden, und auf ihr Zimmer verschwand, sowie Tonino, der gar nicht erst aufgetaucht war. Ein Butler, der durch Abwesenheit glänzte, sehr eigenwillig.

Noah ließ sich eine Extraportion Käsesoße geben.

»Nicht vegan«, warnte Libby. »Und mit Alkohol. Ich wollte es einfach gesagt haben.«

Nach der zweiten Portion wurde es lebhaft. Pjotr wollte sich auf die Suche nach Wein machen und bestimmte Edgar von Thun als Begleiter, weil Pommer, die nach einem Telefonat mit ihrem Chef wieder hereingekommen war, von Nele erfahren haben wollte, dass es im Keller spuke; auf gar keinen Fall dürfe Pjotr da allein runter. Schließlich kam auch noch Mette dazu und aß etwas Salat, während Rupert mit Noah wegen des Handyempfangs auf den überdachten Teil der Terrasse ging und die beiden Kellergänger, bereits wieder zurück, ihre Beute vorzeigten.

»Der Weinkeller ist *amazing*«, rief Edgar von Thun

aus, seine Wangen glänzten, und er lachte zum ersten Mal. Dann schenkte er sechs Gläser ein: für sich, Pjotr, Pommer, Mette, Nele und Rupert. Libby fiel ein, dass Nele ihr erzählt hatte, Rupert sei Ex-Alkoholiker. Heimlich nahm sie sein Glas und ersetzte den Wein mit Wasser.

»Was gibt's zum Dessert?« Auch Noah war wieder zurück.

»Ich frage mal in der Küche nach.«

Niemand hatte Libbys gemurmelten Scherz verstanden, was auch ihre Absicht gewesen war. Im Korb fand sie einen Kirschkuchen und eine Sprühdose mit Sahne.

»Wieso ist Gwendolin noch nicht da?«, fragte Jules, als sie den Nachtisch servierte. Er starrte auf ihren vollen Teller mit den kalten angebrannten Lauchresten, schob seinen Plastikstuhl zurück und stand auf. »Ich hole sie.«

»Ich glaube, sie hat schon gegessen«, sagte Libby und dachte an das Sorbet. »Vielleicht schläft sie auch. Es war ein langer Tag.«

Er ging trotzdem hinaus.

Edgar schenkte allen nach, er bot sogar Libby etwas an, aber sie lehnte ab, da war immer noch etwas Zitronengeschmack in ihrem Mund. Dann erhob er das Glas.

»Was für ein Drehauftakt. Wir haben uns eben das Material angesehen. Mit etwas Nachsynchronisieren kann man das nicht nur brauchen, es ist schlicht umwerfend. Weiter so, kann ich da nur sagen.«

Es gab noch mal eine Runde Applaus und Gelächter. Sie klopften sich auf die Schultern, als wäre der Film bereits im Kasten. »Gibt's noch Nachschub, Frau Andersch?«, fragte Noah.

»Geh in die Küche und schau nach.«

Er gehorchte, begleitet von Moana und Senfkorn.

Plötzlich öffnete sich die Tür. Im Rahmen stand Jules,

und er war totenbleich. »Gwendolin …«, stieß er hervor.
»Sie ist gestürzt.«

·

11

Sie lag am Fuß der Treppe im Foyer, das rechte Bein leicht angewinkelt, die hochgerutschte Pyjamahose gab ein dünnes Bein frei, der linke Fuß steckte in einer sehr hohen Sandale, der andere war nackt. Der Hut befand sich ein Stück von ihrem Kopf entfernt, sie trug die rote Perücke.

»Was ist los, hallo, hörst du mich?« Jules, der Libby zusammen mit Edgar von Thun gefolgt war, hatte sich neben Gwendolin hingekniet. »Gwen. Hallo! Sieh mich an. Lach mal, bitte. – Da ist kein Blut, nichts, wir müssen sie nur wecken.«

In der Tat, Gwendolin lag da, als ob sie schliefe. Auch wenn sie wusste, dass sie da nie mehr hochkäme, kniete Libby sich hin und fasste nach ihrer Hand. Sie war leblos, weich und eiskalt. Als sie keinen Puls ertastete, versuchte sie es am Hals, unterhalb des Kieferknochens, wo die Haut glatt war wie Samt. Edgar kniete sich auf die andere Seite und wollte zur Mund-zu-Mund-Beatmung ansetzen. »Na, komm schon, Baby, *wake up*, wir brauchen dich hier.«

Dies wiederum brachte Jules auf die Palme. »Hör auf mit dem Scheiß, Edgar. Sie hat einfach einen Schock. Wir lagern sie seitlich.«

»Auf keinen Fall bewegen!«, warnte Libby. »Vielleicht hat sie innere Verletzungen. Und wegen der Wirbelsäule.«

Jules rappelte sich hoch. »Ich habe einen Notfallkoffer dabei.« Er rannte zur Tür, wo er fast Pommer umrannte. Als Letzter kam Pjotr.

»Gwendolin.«

Er rang die Hände, als ob er sie nach ihr ausstrecken wollte. Dazu taumelte er leicht. Seine Stütze ist weg, dachte Libby, ihre Hand weiterhin an Gwendolins Hals.

»Rufen Sie die Ambulanz«, sagte sie. »Schnell.«

»Fuck.« Edgar von Thun hatte sein Handygerät hervorgezogen. Auch in dieser Situation behielt er sein ordinäres Selbst. »Ich habe kein Netz. Pommer, probierst du es mal?«

Pommer tippte auf einen Bildschirm ein. »Nichts.«

»*Totally impossible*. Eben habe ich einen Datentransfer gemacht. Es hat funktioniert.«

»Was für Daten?«, fragte Pommer.

»Rushes. Drehmuster. Für den Sponsor.«

»Das Material darf nicht raus, Edgar.«

Pjotr stöhnte auf. »Spielt doch jetzt keine Rolle.«

Jules kehrte zurück, einen kleinen Notfallkoffer in der Hand, den er bereits im Laufen geöffnet hatte und aus dem verschiedene Gegenstände herausfielen: ein Verband, eine Wundsalbe, ein Desinfektionsmittel.

Libby sah zu ihm hoch. »Vielleicht decken Sie sie zu. Der Boden ist kalt.« Er holte einen Mantel von der Garderobe.

»Ich versuch's auf der Terrasse.« Pommer wollte loslaufen, Edgar von Thun hielt sie zurück.

»Da ging eben nichts mehr.«

»Ich probier's trotzdem!« Mit den Worten verschwand Pommer nach draußen.

»Was will sie auf der Terrasse?« Edgar von Thun schüttelte den Kopf. »Besser wären die Nachbarn.«

»Hier gibt's keine, wir sind abgeschnitten«, sagte Jules.

»*Bullshit*, 2024 in der Schweiz, da kannst du gar nicht abgeschnitten sein. Endlich! Lasst Mette ran.«

Die kühle Produzentin hatte gerade den Raum betreten. »Was soll ich denn machen?«

»Das, was man tut, wenn jemand gestürzt ist.«

Aber Mette wollte nicht. »Wir brauchen eine Ärztin, und zwar jetzt. Ruft den Typen vom Tourismus an.«

Pommer kam zurück. »Du hast recht, Edgar, draußen ist kein Netz mehr. Vielleicht wegen des Sturms.«

»Scharfsinnig, Pommer. Nein, Jules, nicht bewegen!«

Als plötzlich alle um Gwendolin knieten, rutschte Libby etwas zurück. Das Aufstehen kostete sie eine unglaubliche Anstrengung, das Knacken ihrer Hüfte übertönte den Sturm, aber schließlich stand sie aufrecht. Sie war früher bei den Samariterinnen gewesen, sie hatte den Tod mehr als einmal erlebt. Gwendolin war gestorben, da konnte ihr kein Arzt der Welt mehr helfen. Mit der Fußspitze schob Libby das Desinfektionsmittel zur Seite, durchquerte den Raum und stieg Stufe für Stufe nach oben. Wegen des Läufers war es schwierig, die morschen Stellen zu erkennen, aber bei der dreizehnten Stufe, da wo Libby bei der ersten Begehung auch gestolpert war, wurde sie fündig. Der nadelspitze Absatz von Gwendolins rechter Sandale hatte sich durch den Teppich gebohrt und steckte im Holz, die Schuhspitze zeigte nach hinten. Beim Versuch, die Sandale herauszuziehen, könnte Gwendolin das Gleichgewicht verloren haben.

Libby drehte sich um und blickte nach unten, sah Gwendolin daliegen und die aufgeregte Truppe um sie herum. War es nicht viel plausibler, dass sie frontal nach vorne gestürzt war und sich bei dem Sturz innere Verletzungen zugezogen hatte? Libby wurde bewusst, dass das Bild etwas Arrangiertes hatte. Würde jemand mit der

Kamera draufhalten, es würde sogar in den *Gaslicht*-Film passen. Libbys Blick ging noch mal zur Sandale. Jemand könnte sie nachträglich ins Holz gebohrt haben, mit der Absicht, die Ereignisse zu verschleiern und Gwendolin als liederliche Person aussehen zu lassen, die im Pyjama und in hohen Absätzen durchs Hotel taumelte, trunken vom Wodka und ihrem Erfolg.

Libby entschied sich, noch mal in Gwendolins Zimmer nachzusehen.

Im Türrahmen stehend bemerkte sie die Veränderungen zu ihrem ersten Besuch. Eine kabellose Leselampe verbreitete warmes Licht. Das Bett war bezogen, es sah ein wenig zerwühlt aus. Ein aufgeklapptes Buch und die große Brille lagen umgedreht auf der Decke, einige Kleider verstreut im Zimmer, es gab einen Handspiegel, Schminksachen und benutzte Taschentücher. Das Abendkleid fehlte. Vermutlich hatte sie sich nach dem Dreh der Szene in der provisorischen Garderobe im Keller umgezogen und es da hängen lassen. Auf dem Weg nach oben hatte sie das Eis geholt und war Libby begegnet. Irgendwo müsste noch die Wodkaflasche sein. Libby fand sie schließlich auf der Fensterbank neben der Eisverpackung. Die beiden Stühle, die bei Libbys erstem Besuch im Zimmer um den kleinen Tisch gruppiert gewesen waren, standen davor. Der Karton war so leer wie die Flasche, sie entdeckte weder Löffel noch Glas. Libby blickte auf ihre Armbanduhr. Zwischen dem Moment, da Gwendolin aus dem Salon nach oben gegangen war, und ihrem Sturz lag eine knappe Stunde. Und alle Personen hatten die Tafelrunde entweder kurzzeitig verlassen oder waren zu spät gekommen. Jeder von ihnen könnte also hier gewesen sein und mit Libby Eis gelöffelt haben.

Genau wie eben auf der Treppe hatte Libby das Gefühl,

einem Film beizuwohnen. Ohne es zu merken, war sie Teil eines Drehbuchs geworden, und nun steckte sie mit ten drin. Zu glauben, dass Gwendolins Tod ein tragischer Unfall sei, wäre so naiv wie die Annahme, dass der komplette Internetausfall nur mit dem Sturm zu tun hatte. Das wiederum würde bedeuten, dass alle Hinweise, die Libby noch vor einer guten Stunde als Zufälle abgetan hatte, Teil eines Musters waren. Eines möglicherweise gefährlichen Musters. Libby strich die Schürze glatt und rückte die Brosche gerade.

12

Als sie in die Küche kam, hatte Noah gerade die letzten Reste der Käsesoße verputzt, während Senfkorn in einer Ecke schnarchte und Moana auf ihr Handy eintippte.

»Das Netz ist weg, Frau Andersch«, sagte sie, ohne den Kopf zu heben. »Wir haben keinen Empfang mehr.«

Libby tat so, als wäre dies eine neue Information für sie, und schickte Moana ins Fumoir, um das alte Festnetztelefon auszuprobieren. Moana machte ein Zeichen mit ihrem Daumen und verschwand.

»Sie!« Noah hatte an ihrer Schürze gezupft. »Ich habe immer noch Hunger, und der Rahm war nicht vegan.« Sein Kinn glänzte fettig. »Moana hat es gesagt, sie ist Veganerin wie Mama. Und der Papa vom Luzius ist Metzger.«

»Aber dein Papa ist kein Metzger.«

»Er ist mittelloser Künstler.«

Aha, dachte Libby.

»Was ist das eigentlich, Frau Andersch?«

Das war nicht der Moment für ein solches Gespräch. »Ich erkläre es dir später. Steig bitte auf den Dachboden und bleib da. Hier ist Proviant.« Aus dem mittlerweile ziemlich leeren Fresskorb fischte sie Brot und den letzten der Landjäger heraus. »Das kannst du mitnehmen.«

»Ist das vegan?«

Nein, dachte Libby, aber wir können nicht wählerisch sein. »Das Etikett ist weg, ich weiß es nicht. Im Zweifelsfall hilft Schälen, und wenn es dir nicht schmeckt, lässt du es bleiben.« Sie griff nach ihrer Handtasche, öffnete sie und fand das Gesuchte in einer Seitentasche. »Damit geht es sicher.«

Beim Anblick des Schweizer Taschenmessers glänzten seine Augen. »Das darf ich erst, wenn ich zwölf bin.«

Aber ein Handy hatte er. Verkehrte Welt, dachte Libby.

»Bei mir gelten die Andersch-Regeln.«

In seiner Miene arbeitete es. »Kommen Sie mit? Ich gebe Ihnen auch von der Wurst was ab. Sie haben ja nichts gegessen.«

Womit er recht hatte. »Ich muss erst die Küche aufräumen.«

Er verschränkte seine Arme. »Also gut, ich warte.«

Moana kam zurück, der Schock stand ihr ins Gesicht geschrieben, gleich würde sie mit allem herausplatzen. Um das zu verhindern, trat Libby Senfkorn auf den Schwanz, der mit einem Heulen hochschoss. Entschuldige, dachte Libby.

»Sieh mal, Noah, der Senfkorn will mit. Husch, husch. Nehmt die Hintertreppe, hier will ich euch nicht mehr sehen. Moana und ich haben was zu besprechen.«

»Aha, so Erwachsenenzeugs.« Und weg waren Kind und Hund.

Libby schloss die Tür ab und wandte sich an Moana. »Noah soll es nicht erfahren, seine Mutter hatte gerade einen schlimmen Sturz. Du bist schon groß und erwachsen, du steckst das weg. Ich nehme an, dass das Kabel durchgeschnitten ist. Dann bist du in der Rezeption gewesen. Was treiben die alle? Ich brauche eine lückenlose Beschreibung, das ist wie eine Prüfung in Geschichte. Und da bist du gut drin, könnte ich wetten.«

Der Appell an ihre Intelligenz wirkte. Langsam kehrte die Farbe in Moanas Wangen zurück. »Pjotr Voss hat sich in einen Sessel gesetzt und kaut an einem Bonbon rum, Jules ist am Boden zerstört, Frau Pommer streitet mit Herrn von Thun, Mette tippt auf ihrem Tablet, die komische Frau hat angefangen zu singen, das Herrchen von Senfkorn ist traurig. Und Gwendolin …« Sie schluckte schwer. »Mein Vater hatte mal ein Rehkitz im Kofferraum, dessen Hals war genauso verdreht. Es ist von einem Auto angefahren worden.« Nun begann sie zu weinen. »Und einmal … ist hier im Hotel ein tragischer Unfall passiert.« Ein tragischer Unfall? Bevor Libby nachfragen konnte, sprach sie schon weiter. »Denken Sie, das Grand Hotel Matterhorn ist verhext? Es gibt eine Mystery-Serie, auf Netflix, da geht's um verhexte Häuser. Immer um Mitternacht … ein Gespenst … ein ermordetes Mädchen … mit rotem Haar und Algen statt Haar.« Moana rannte zur Tür. »Scheiße, abgeschlossen. Frau Andersch!« Schluchzend drehte sie sich zu Libby um.

»Ich habe zugesperrt.« Libby trat zu ihr und nahm ihre Hände. »Wir müssen vorsichtig sein. Ich denke wie du, dass Gwendolin die Treppe hinuntergestoßen wurde.«

Nackte Panik blitzte in Moanas Augen auf. Falscher Text, Elisabeth, Kinder muss man beruhigen. Und Moana war noch ein Kind, ein blitzgescheites zwar, das älter wirkte, aber ein Kind.

»Die gute Nachricht ist, dass ich eine Idee habe, was dahinterstecken könnte, und das hat nichts mit Algen und toten Augen zu tun. Bevor ich entscheiden kann, was wir machen sollen, muss ich noch besser verstehen, was passiert ist. Wissen ist Macht, Moana. Hilfst du mir?«

»Ich weiß nicht.« Moana blieb angespannt. »Ich will einfach nur heim.«

»Und ich erst, und Noah.«

»Aber wir können nichts tun, ohne Handys.«

»Hast du nie einen Film gesehen, in dem Leute sich retten müssen? Die haben auch keine Handys.«

»Dafür andere Sachen, Pistolen und so Zeug. Und die sind gescheit.«

»Wir sind die Alten und die Kinder. Uns traut niemand etwas zu, das können wir ausnutzen.« Libby setzte noch ein Argument oben drauf. »Für Gwendolin. Sie wäre auf unserer Seite, wenn sie könnte.«

Das Mädchen straffte sich. »Frauenpower, meinen Sie?«

»Korrekt«, sagte Libby.

Moana hob die Hand, und Libby verstand, dass sie einschlagen sollte.

»Frauenpower!« Das Wort verklang in der Küche.

Libby setzte sich auf einen Stuhl, und die Hüfte dankte ihr die kleine Pause. »Weißt du, wie man es anstellt, dass alle Handys gleichzeitig nicht mehr gehen?«

»Vielleicht ist die Fünf-G-Antenne kaputt, das hatten wir schon mal im Dorf.«

»Eine Lawine?«

»Ein Anschlag auf eine neu gebaute Antenne.«

Nichts mit Walliser Bergromantik also. »Du hast eben einen Unfall im Hotel hier erwähnt, nun den Anschlag. Hängt das zusammen?« Libby dachte an Tonino, den finsteren Bedarfsbutler, aber Moana verneinte.

»Sicher nicht. Der Unfall ist lange her, da war ich noch nicht geboren. Und beim Anschlag haben sie nie rausgefunden, wer es war. Querulanten, hat mein Vater vermutet. Aber ich glaube, es waren Handygegner. So wie Sie!«

Libby hob die Augenbrauen. »Kann es noch andere Gründe geben, warum das Netz nicht funktioniert?«

Moana nickte. »Die Frequenz ist gestört.«

Das klang plausibel und würde erklären, warum es so flächendeckend war. »Wie muss ich mir das vorstellen? Hat sie jemand durchgeschnitten?«

»Die Frequenz ist ja nichts Physisches.«

»Das, mein Kind, ist mir klar. Es müssten Störfrequenzen sein. Könnte hier irgendwo ein Sender stehen? Oder ein Laptop, das solche Frequenzen senden kann?«

»Sie kennen sich ja gut aus, Frau Andersch.«

»Ich war fast fünfzig Jahre am Institut für Chemie tätig, da lernt man nebenher so einiges.«

»Trotzdem haben Sie nicht einmal ein Handy.«

»Gerade darum. Ich kenne die Gefahren.«

»Aha.« Moana musterte Libby, als würde sie sie mit ganz neuen Augen sehen. »Sie sind sehr klug, Frau Andersch.«

»Nenn mich Libby. Ist einfacher. Und jetzt geh. Such im Keller oder ums Haus herum, es könnte auch in einem Stall stehen oder in den Hotelzimmern. Benutze den Ausgang über die Terrasse und pass auf, es stürmt. Wir treffen uns wieder hier, in maximal zwei Stunden.«

13

Schon von Weitem vernahm Libby Neles Stimme. Als sie ihr Tablett mit dem Wasser und den Gläsern durch die Tür balancierte, stand die betagte Schauspielerin auf der dreizehnten Treppenstufe, da, wo Gwendolin gefallen war, und zeigte mit dem Zeigefinger auf Rupert. »Du warst es!«

Libby stellte das Tablett auf eine abgedeckte Kommode und machte sich am Verschluss der Flasche zu schaffen.

»Rupert! Ein Mörde-e-er.« Den letzten Vokal verwandelte Nele in eine Arie. Dazu hüpfte sie mit wehendem Rock die Treppe hinunter.

»Hör sofort auf mit dem Getue, Nele!« Pommer sah zu Rupert, der etwas ungelenk in der Gegend herumstand. »Rupert war die ganze Zeit in der Küche, so wie alle von uns. Niemand hat Gwendolin gestoßen.«

Aber Libby wusste es besser. Sie sah vor sich, wie Pommer rausgegangen war und wie Mette erst später dazukam, wie Edgar von Thun und Pjotr zum Weinkeller gingen, wie Jules sich zu Gwendolin aufgemacht hatte. Rupert war am wenigsten verdächtig, weil er nämlich mit Noah losgezogen war. Und trotzdem hatte sich Nele in die Vorstellung verbissen, er habe seine Ex-Frau umgebracht.

Sie umfasste Ruperts Kopf mit beiden Händen. »Du hast sie gehasst, weil sie dich nicht mehr wollte.«

Rupert kam Libby nicht besonders unglücklich vor. Mehr abgeklärt, als ob er das Beste aus der Situation machte. Und eben beim Drehen sogar beseelt. Gwendolin hatte ihm ermöglicht, dass er seinen Job ausüben und Geld verdienen konnte, er hatte keinen Grund, sie die Treppe hinunterzuwerfen.

»Das ist zwanzig Jahre her.« Rupert versuchte, sich zu befreien. »Was kommst du immer mit dem alten Hut, Nele.«

Seine Erwiderung brachte sie zum Kochen. »Wieso hast du hier mitgemacht? Als netter Polizist, der langweiligsten Rolle der Welt, und als Lückenbüßer, wenn sie vor der Kamera steht! Weil du dir erhofft hast, dass sie zu dir zurückkommt. Jetzt, da Pjotr ein Schlappschwanz geworden ist.«

Alle blickten zu Pjotr. Er saß in einem verhüllten Sessel und starrte reglos vor sich hin.

»Und als sie es nicht getan hat, hast du sie kaltblütig …!« Pommer regte sich. »Für Rupert lege ich meine Hand ins Feuer. Hör auf mit dem Quatsch, Nele Jablonsky!«

Den Nachnamen zu hören, war für Libby eine Überraschung. Also hatte Nele Ruperts Namen nach der Scheidung behalten.

»Machst du jetzt mit ihm gemeinsame Sache, oder was, Pommer?«, fragte Nele.

»Ich habe ihn engagiert.«

»Also *wir*«, mischte sich Edgar von Thun ein. »Wir haben ihn engagiert.«

»In meinem Auftrag«, gab Pommer zurück.

»Im Auftrag deines Chefs.«

»In Auftrag des Senders. Des Senders von euch allen. Dem Staat.«

Rupert legte Pommer eine Hand auf den Arm. »Danke, Adriana.«

»Wie nennst du sie?« Nele gab nicht auf. »Hast du jetzt auch noch was mit der, Rupert?«

Er schüttelte den Kopf. »Gwendolin ist unglücklich gestolpert. Ich habe es ihr von Anfang an gesagt«, er zeigte auf die Sandale an Gwendolins Fuß, »diese Absätze sind viel zu hoch.«

»Sie konnte prima damit gehen.« Das kam von Mette, die unbemerkt wieder eingetreten war. »Während der ganzen Szene ist sie nicht einmal gestolpert, trotz des Schnees.«

Libby hätte genau dasselbe gesagt, hätte man sie gefragt.

»Nicht wahr, Jules?« Mette blickte zum Kameramann.

Der Angesprochene lag immer noch bei Gwendolin am Boden und reagierte nicht. Es sah aus, als ob er auch tot wäre.

»Jules?« Mette verwarf die Hände. »Hat er einen Schock oder was?« Mit einer Bewegung holte sie ihr Handy aus der Tasche des Trenchcoats. »Wir brauchen endlich professionelle Hilfe.«

»Der Empfang ist futsch, Mette«, sagte Nele. »Wir sind abgeschnitten von der Zivilisation. Mit einem Mörder unter uns.« Schon wieder zeigte sie auf Rupert. »Wenn nicht Pommer, wer ist dann deine Komplizin? Dieser Junge aus dem Zug? Oder die alte Schachtel hier, die immer ihre Tasche bei sich hat und unauffällig dieselbe Flasche poliert.«

Als Libby die Blicke aller spürte, gab sie sich unbeteiligt, so wie das eine professionelle Köchin tun würde. »Möchte vielleicht jemand ein Wasser?« Sie schenkte ein. »Vielleicht Sie, Herr Jablonsky? Sie sehen blass aus.«

Rupert schüttelte den Kopf. »Ich leg mich hin. Mir ist schlecht.« Er ging zur Treppe.

Nun wanderten die Blicke von Libby zu ihm. Als er verschwunden war, brach Mette das Schweigen.

»Dir ist schon klar, Nele, dass du die Rolle der Bessie nur bekommen hast, weil Rupert insistiert hat. Wir von der Produktion hätten sie dir nie gegeben. Wir wollten eine Junge, am liebsten eine Influencerin, wegen Netflix und der anderen Streamer, die den Film kaufen sollen. Aber Rupert blieb hartnäckig. ›Niemand kann Bessie besser interpretieren als Nele‹, hat er gesagt. ›Nele IST Bessie.‹« Sie ging ebenfalls zur Treppe. »Er hat gerade seine frühere Frau verloren. Sehr unsensibel von dir, wirklich.« Auch sie stieg nach oben.

»Du hättest ihn wohl gerne in deinem Bett, Mette?«, schrie ihr Nele hinterher. »Vergiss es! Er ist besessen von seiner Geschiedenen. Hast du gehört? Besess-se-e-en!«

»FUCK YOU, Nele!« Mit diesem Ausspruch war Mette weg.

Nele klappte ihren Mund zu, der Ton blieb ihr im Hals stecken. Dann drehte sie sich wortlos um und verschwand durch das Portal nach draußen. Der Wind heulte, Schnee wurde hereingeweht, die Tür krachte wieder ins Schloss, und es wurde still. Libby war einen Moment besorgt um Moana, dass sie auf Nele treffen würde. Aber die trug keinen Mantel, sie würde nicht weit kommen in ihrem Bedienstetenkostüm.

Eine Weile hörte man nur, wie Wasser eingeschenkt wurde. Schließlich hatten die Verbliebenen alle etwas zu trinken. Fünf Gläser – Pjotr, Jules, Mette, Pommer und Edgar von Thun.

»Was sollen wir tun?«, fragte er händeringend in die Runde. »Wir können Gwendolin doch nicht so liegenlassen.«

Pommer schüttelte ihr Handygerät, als wäre es ein Staublappen. »Was ist nur los mit dem verdammten Empfang? Wir brauchen eine Ambulanz und die Polizei.«

»Die Polizei? Es war ein Unfall. Diese High Heels waren der reine Selbstmord.«

»Wieso hast du dann darauf bestanden, dass sie welche trägt?« Pommer fixierte ihn. »Du hast Gwendolin gedrängt!«

»*Nobody* drängt Gwendolin.«

»Pass einfach auf.«

»Lass die Drohungen, Pommer. Wir sitzen alle im selben Boot. Unser Star ist weg.«

»Wieso tust du eigentlich immer so, als ob Pjotr nicht relevant wäre?«

Edgar von Thun blickte zu Pjotr Voss, der an seinem Bonbon kaute. »Aus dem ist die Luft raus. Puff!« Das Geräusch war scharf. »Im *best case* holt der noch einige alte Schachteln vor den Bildschirm, die vergessen haben, wie man die Glotze mit der Fernbedienung ausmacht. Wobei das ganz gut zu eurem Sender passt, Pommer.«

»Noch ein falscher Ton, und wir ziehen das Projekt bei euch ab!«

Er täuschte einen Lachanfall vor. »Wie willst du das entscheiden? Dein Boss fummelt doch in all deine Entscheidungen rein.«

»Soll ich dir mal was sagen? Ohne Mette wären wir nie bei SCHEINFILM eingestiegen. Bei uns in der Redaktion heißt ihr nur *Schweinfilm*.«

Gut, dachte Libby. *Zeig es ihm!*

Wenn er nicht mehr weiterwusste, wurde er ordinär. »Bitch!«

»Und dein scheiß Englisch kannst du gefälligst lassen. Du bist aus Niederbayern, du Depp! Fahr doch zur Hölle.«

Er wieselte zur Tür. »Ich gehe telefonieren. Auf dem Berg, vielleicht gibt's da 4G.«

Pommer wartete nicht mal ab, bis er weg war, und trat zu

Pjotr. »Komm! Hier können wir nichts tun.« Ihre Stimme war ein wenig rau. »Gehen wir in die Whiskybar.«

Er spuckte seinen Bonbon aus und stand auf. Hätte Pommer ihn nicht gestützt, wäre er nach links gekippt. Gwendolin, Nele und Pommer – Pjotrs Frauennetzwerk, dachte Libby. Fehlte nur noch Mette, die gerade einen Kandelaber direkt unterhalb des einen Hirschkopfs in die Hand nahm. Sie wischte den Staub mit einem Zipfel des Leintuchs ab und stellte ihn in die Nähe von Gwendolin auf den Boden.

»Hast du Feuer?«, fragte sie Jules. »Dann können wir Kerzen anzünden.«

Er sah zu ihr hoch. »Wo sind die alle hin?«

»In die Bar. Kommst du auch?«

»Ich kann sie doch nicht allein lassen.«

Libby hatte Streichhölzer in einer Schublade gefunden und trat zu den beiden. »Ich halte Wache, wenn Sie wollen.«

Jules raufte sich das Haar. »Wenn ich nur früher bei ihr gewesen wäre! Es gab eine Verwechslung, die Zimmerliste stimmt nicht.« Ein Weinkrampf schüttelte ihn. Seine Reaktion auf ihren Tod war sehr heftig, heftiger als die von Pjotr oder Rupert.

»Es tut mir leid für Ihren Verlust, Jules«, sagte Libby.

Wortlos stand er auf und verließ mit Mette den Raum.

Er war natürlich Gwendolins Liebhaber. Was für eine Leichtigkeit in der Luft gewesen war, wenn die beiden miteinander gesprochen hatten! Harmonierende Immunsysteme, voller Gegensätze. Chemie, pure Chemie! Aber Gwendolins Aura hatte sich verändert, sie wirkte starr. Libby zog ihre dünnen Lederhandschuhe aus der Tasche, bückte sich ächzend und schob den Mantel etwas zur Seite. So war es möglich, Gwendolins Konturen zu sehen. Es war, wie sie es vermutet hatte. Der Bauch war so dezent gerundet, dass man es nur bemerkte, wenn man wirklich darauf achtete. Eine Schwangerschaft wäre auf jeden Fall eine Erklärung für ihr quecksilbriges Verhalten und für die Menge an Zitronensorbet. Nicht für den Wodka. Wobei, Libby hatte gelesen, dass ab und zu ein Gläschen Alkohol nicht verboten war. Angesichts der Affäre mit Jules stünde die Frage nach dem Vater im Raum. Außerdem war Gwendolin nicht mehr die Jüngste, auch wenn sie wie Mitte dreißig wirkte. Plötzlich war es Libby, als ob sich der Bauch bewegte. Jesus, Maria und Josef! Sie ging auf die Knie und tastete ihn ab, war für einen winzigen Augenblick voller Hoffnung und musste schließlich doch einsehen, dass da keine Bewegung mehr war. Vergiss es, Elisabeth, sagte sie sich. Wie will ein Baby so überleben? Hirn und Herz sind tot, es gibt keine Sauerstoffversorgung mehr. Wie hatte Rupert gesagt: One-Hit-Wonder? Das war keines.

»Es tut mir leid, Gertrud Bühler«, sagte Libby leise. »Unendlich leid. Ich werde deinem Baby etwas stricken.«

Als sie Gwendolin wieder zudeckte, fiel ihr ein hellblauer Schal ins Auge, der halb unter ihren Körper geschoben war und nur sichtbar wurde, weil sie die Jacke verschoben hatte. Erst hatte sie ihn im Zug getragen, dann Pjotr bei seiner Ankunft, nun war er wieder bei ihr. War sie vielleicht deswegen gestolpert?

14

Nachdem Libby den Schal in ihre Handtasche gesteckt hatte, ging sie in die Küche zurück. Bevor auch sie die Whiskybar aufsuchen konnte, hatte sie noch einiges zu tun. Als Erstes füllte sie einen alten Wasserkocher, der aussah wie ein russischer Samowar, und setzte ihn auf den Holzherd. Das würde eine ganze Weile dauern. Dann ging sie zum Ausguss, wo sich das schmutzige Geschirr stapelte. Vorsichtig hob sie es heraus. Teller um Teller, außerdem die Salatschale, wo Grünzeug und Krustenreste in Soße schwammen. In einem Bündel Besteck entdeckte Libby schließlich das Gesuchte. Es waren zwei langstielige Löffel, wie man sie für Eisbecher benutzte, von einem verzuckerten Film überzogen. Einer konnte von der Person benutzt worden sein, die Gwendolin nach Libby Gesellschaft geleistet hatte. Jules, ihr Liebhaber. Oder Rupert. Oder Pjotr. Libby wickelte beide Löffel in Plastikfolie und steckte sie zu der Feder in die Handtasche. Damit würde sie die Kinder losschicken, sie mussten von hier weg, sobald sich der Schneesturm gelegt hatte. Hier waren sie nicht sicher. Und Moana kannte sich in der Gegend aus. Vielleicht könnte sie sogar Luzius um Hilfe bitten, dass er sie irgendwie da rausholte, und Kommissar Meier Bescheid geben, dass aus dem Spiel Ernst geworden war. Ob Noah die sms trotz Störfrequenz bekommen hatte? Das würde ihn auf jeden Fall überzeugen, mit Moana mitzugehen.

In dem Moment ging das Licht aus. Libby machte am Schalter herum, aber weder im Flur noch im Salon noch im Fumoir wurde es hell, etwas sehen konnte sie nur dank der Schneefläche vor den Fenstern, die ein bläuliches Licht zurückwarf. Dabei wurde Libby bewusst, dass der Sturm etwas weniger geworden war. Als sie in die Küche zurückwollte, fiel ihr Blick auf die angelehnte Kellertür. Gut möglich, dass sich Moana da aufhielt. Aus ihrer Handtasche holte Libby eine kleine Taschenlampe, die sie immer bei sich trug, und stieg die Stufen hinab. Unten angekommen, fiel ihr auf, dass ihre Hüfte nicht geächzt hatte. Ironie des Schicksals, die unübliche Menge an Bewegung tat ihr offenbar gut. Von dem grabeskühlen Gang gingen einige Räume ab. Libby erschrak etwas, als sie im ersten eine kopflose Frau entdeckte. Im Lichtkegel der Taschenlampe entpuppte es sich als Gwendolins Abendkleid, das auf einem Bügel in der improvisierten Garderobe hing, wo es nebst einem Spiegel auch Schminksachen und ein Manuskript gab.

»*Gaslicht*«, stand auf dem Titel, und darunter: »Adaption by Gwendolin«. Libby blätterte durch die Seiten. Pjotrs wiederkehrende Frage stach ihr ins Auge. »Paula, was machst du?«

Auch die Person auf der Zugtoilette hatte sie ausgesprochen. Es könnte wichtig sein, dieses Textbuch, dachte Libby und erlaubte sich, es zu behändigen. Allerdings passte es nicht in ihre Handtasche. Sie wog ab und entschied sich, den Atlas dazulassen. Vielleicht könnte Noah ihr helfen, wenn sie eine Koordinate bräuchte.

Libby trat wieder hinaus auf den Flur, an dessen Ende ein Licht angegangen war.

»Moana?«

Es war die Werkstatt, vermutlich Toninos Reich, so aufgeräumt, dass man vom Fußboden hätte essen können.

»Moana?«

Aber sie war nicht da. Den Lichtschein hatte Libby sich wohl eingebildet. Durch die Ritzen einer Tür, die ins Freie führte, pfiff der Wind. Libby machte sie auf und trat auf die Schwelle. Auf den zugeschneiten Treppenstufen entdeckte sie Fußabdrücke, die für Moana zu groß schienen. Also war gerade jemand hier unten gewesen und außen rum nach oben gestiegen. Libby entschied, dass es keine gute Idee war, noch länger zu verweilen. Auf dem Rückweg erlaubte sie sich lediglich einen Abstecher in den Weinkeller, wo Edgar von Thun und Pjotr den Wein geholt hatten. Gerade als sie vor den Regalen stand, hörte Libby ein Geräusch.

Fliehen war zwecklos, es gab nur eine Tür. Sie griff nach der erstbesten Flasche und hob den Arm.

»Hüeregopfertamisiech, haben Sie mich erschreckt!«

Im Schein einer Laterne stand ein Mann, er trug eine Strickmütze und einen Fleecepulli und sah finster aus.

»Herr Tonino.« Libby bemühte sich, ihren Atem wieder zu beruhigen. »Ich dachte, Sie sind längst heimgegangen.«

Er stellte die Laterne auf ein Weinfass und musterte sie. »Sie gehören nicht zur Filmcrew, Sie haben sich hier eingenistet, und nun betreten Sie ungefragt meinen Keller. Sind Sie von der Polizei?«

Schon zum zweiten Mal wurde ihr der Beruf nachgesagt.

»Ich begleite meinen Enkel, der einen Vortrag halten soll. Und ich dachte mir, wo ich schon mal da bin, kann ich mich auch nützlich machen.« Sie zeigte Tonino die Flasche. »Damit wollte ich die Gemüter etwas beruhigen. Sie haben ja sicher von dem Unfall der Hauptdarstellerin gehört.«

Er zog die Mütze vom Kopf und bekreuzigte sich. »Es ist nicht vorstellbar. Eben noch hatte ich mit ihr geplaudert und dann …« Er machte eine Handbewegung, als ob er mit zwei Fingern eine Kerze löschen würde. »Sie wollte die Whiskybar für eine kleine Feier eingerichtet haben. Ich habe sie dafür um ein Autogramm gebeten, ich kenne sie aus dem Fernsehen. Sie hat in einer Serie mitgespielt.« Er fasste in die Tasche seines Overalls und zog eine Postkarte hervor. Es war das Porträt von Pjotr. »Sie hatte keine eigenen.« Er zeigte auf einen schwungvollen Schriftzug. »Aber mit ihrer Unterschrift.« Er steckte die Karte wieder ein.

Das war wirklich eine liebenswürdige Geste von Gwendolin gewesen, der wortkarge Tonino geriet geradezu ins Schwärmen.

»Wo waren Sie eigentlich eben?«, sagte Libby. »Als alle in der Küche gefeiert haben?«

»Holz holen. Drüben im kleinen Schopf.«

»Ich dachte, es ist eine alte Ölheizung.«

»Für den Herd in der Küche und das Cheminée in der Bar. Auf dem Dachboden gibt es übrigens keine Heizung. Sie schlafen doch da.«

»Interessant, dass Sie das wissen. Waren Sie für die Zimmerbelegung zuständig?«

»Nein. Reklamationen gehen an meinen Chef. Den Favre Willi.«

»Damit meinen Sie den jungen Mann, der uns hier hochgefahren hat?«

»Autofahren kann er.«

»Und er soll Hoteldirektor sein?«

»Vom Grand Hotel Matterhorn.«

Libby war sehr sicher, dass er sich weder als Hoteldirektor noch als Willi Favre vorgestellt hatte. »Ich dachte, er ist der Touristikpräsident, es machte den Eindruck, als wäre er für die ganze Region verantwortlich.«

»Da haben Sie sich verhört.«

»Ich habe eine schlechte Hüfte und ein gutes Gehör.« Libby beschloss, nicht darauf herumzureiten. »Favre … das ist doch ein Walliser Geschlecht.«

»Seit Hunderten Jahren sind die Favres von hier. Die Favres und die Spranzis.«

»In dem Fall sind Sie ein Spranzi?«

»Tonino mit Vornamen.«

»Freut mich, Herr Spranzi.« Sie zog einen Handschuh aus und gab ihm die Hand. Es war Zeit, aus dem Feind einen Verbündeten zu machen. Er sah das offenbar ähnlich, auf jeden Fall holte er zwei Gläser und einen Flaschenöffner aus einem Schrank neben den Weinregalen, nur um gleich drauf die Flasche zu öffnen, die Libby eben noch zur Verteidigung hochgehalten hatte.

»Ein Pinot Noir, soso! Für eine *Üsserschwizerin* haben Sie einen bemerkenswerten Geschmack.«

Die Wahl des Weins hatte ihr Respekt eingebracht. Nun, dachte Libby, manchmal muss der Mensch auch Glück haben.

»Er ist aus Salgesch unten im Tal. Die Favres haben da ein Weingut.« Er schenkte beide Gläser halb voll, schnupperte an seinem und prostete ihr zu.

»Sind Sie das ganze Jahr über hier?« Sie stellte das Glas wieder auf das Weinfass.

Er nickte. »Ich sehe ab und zu nach dem Rechten.«

»Das Hotel wird renoviert, hat jemand erzählt. Davon merkt man wenig. Es wirkt, wenn ich das so sagen darf, ziemlich vernachlässigt.«

»Was haben Sie erwartet? Es war fast zwanzig Jahre geschlossen, nach dem Unglück an der Seilbahn.«

Das hatte auch Moana erwähnt, aber bevor Libby nachfragen konnte, sprach Tonino schon weiter. Der Wein lockerte offenbar seine Zunge.

»Vor Weihnachten 2019 wurde es wiedereröffnet. Mit Pauken und Trompeten und einem rauschenden Dorffest. Es gab Würste und Apfelsaft. Und Pinot Noir natürlich. Renovieren durch Reinvestieren, das war der Plan. Es fing ganz gut an, zunächst nahm man sich einzelne Zimmer vor, die Glacier-Suite zum Beispiel, im zweiten Stock, wo Gwendolin untergebracht war.«

Nein, dachte Libby, sie hat ihr Zimmer getauscht. Da ist Pjotr gelandet, er hat sich den Luxus gegönnt und ihr die schäbige Kammer überlassen.

Tonino hatte derweil weitergesprochen. »… und im ersten Stock wurden das Gommerstübli und das Arvenzimmer renoviert, danach die Whiskybar. Aber dann kam die Pandemie, und alles war im Eimer.«

Die Pandemie, dachte Libby. Für sie war es der Anfang vom Ende gewesen. Bei den Online-Sitzungen hatte sie nicht mitmachen können. Ein Sekretariat konnte man nicht digital führen, es war irgendwie seelenlos.

»Das muss schlimm gewesen sein. Aber eine Frage habe ich trotzdem. Wieso hat der Favre Willi die Bar renoviert und die Treppe nicht? Das ist gemeingefährlich, muss ich sagen.«

»Die Bar war dem Chef wichtiger, die kann man auf Instagram posten.« Er leerte sein Glas mit einem kräftigen Zug. »Dumm gelaufen. Wenn er von dem Sturz erfährt, wird er toben.«

»Da hing anfänglich ein Warnschild, aber das ist verschwunden.«

»Kann ich nichts dafür.« Tonino schüttelte den Kopf. »Wieso hat Gwendolin bloß diese Absätze getragen?«

Was hatten die Männer bloß immerzu mit Absätzen? »Herr Tonino, die Stufen sind morsch. Ich bin auch gestolpert, und ich trage Halbschuhe.«

Er schenkte sich erneut ein, wieder nur halbvoll. »Es ist ein Elend. Und ausgerechnet in dem Moment, wo hier ein Film gedreht werden soll. Heute haben wir auf TripAdvisor bereits eine gute Bewertung bekommen.« Tonino holte sein Handy aus der Tasche des Overalls. »Ich kann es Ihnen zeigen.«

Libby nutzte den Moment, um ihren Wein in seinen zu kippen – sie brauchte einen klaren Kopf.

Als er zunehmend frustriert auf dem Bildschirm herumwischte, vermutete sie, dass er nichts von dem Netzausfall wusste. Andererseits könnte er sie damit hinters Licht führen wollen. »Geben Sie sich keine Mühe. Die Geräte gehen nicht mehr. Im Erdgeschoss ist kein Strom, darum bin ich in den Keller gekommen. Wo ist denn hier der Sicherungskasten?«

»Da hinten.« Er machte eine vage Handbewegung in Richtung Werkstatt.

»Können wir nachsehen?«

Er winkte ab. »Nützt nichts, ich habe keine Ersatzsicherungen hier. Das System ist uralt, da muss man kaputte Sicherungen noch austauschen. Und sie sind leider ausgegangen.«

Nicht gut, wenn eine ganz Filmcrew vor Ort war. »Wissen Sie, wie viel Miete die Filmleute bezahlen?«

»Ähm.« Das konnte ja oder nein heißen.

»Dann wissen Sie auch, dass eigentlich das Grand Hotel Belvedere vorgesehen war.«

Das war eine Neuigkeit für ihn. »Der alte Kasten oben am Furkapass? Unmöglich, der ist geschlossen, die Besitzerfamilie will ihn verscherbeln. Da hätten keine

Dreharbeiten stattfinden können, schon wegen des Brand-schutzes. Nein, nein, hier geht das viel besser.«

Endlich waren sie beim Kern angekommen, da, wo es wirklich interessant wurde. »Seit wann war das denn geplant? Der Filmdreh?« Libby dachte an den Lokführer, der den Fresskorb so schnell gebracht hatte, als hätte er hinter einem verschneiten Busch damit gewartet. »Heute Morgen entstand der Eindruck, es wäre eine spontane Entscheidung gewesen, aber mir scheint, das war gelogen. Herr Tonino?«

»Was wollen Sie damit sagen? Dass der Favre Willi die Lawine ausgelöst hat und den Felssturz im Tunnel dazu? Um ein ganzes Filmteam hier hoch zu locken? Mumpitz, Kreuzdonnernochmal!« Er holte ein Taschentuch hervor, wischte erst seine Stirn, dann die beiden Gläser ab, stellte sie ins Regal zurück und stürmte zum Ausgang.

»Es tut mir leid, wenn ich Ihnen zu nahe getreten bin!« Libby war ihm gefolgt. »Schenken Sie mir noch eine Minute! Von Köchin zu Hauswart.«

Er zauderte, blieb schließlich aber stehen.

Nun musste Libby fix sein. »Ich könnte mir vorstellen, dass der Favre Willi jemanden von der Produktion kennt und dass sie ein Geschäft gemacht haben. Edgar von Thun, das ist der agile Kerl mit dem kleinen Oberlippenbart und den viel zu weißen Zähnen im Arvenstübli, der hat unterwegs den Namen des Bergs hier erwähnt. *Nicht den Zauberberg, sondern den Hungerberg,* hat er gesagt. Und Hungerberg ist ja kein verbreiteter Name für einen Berg. Ich für meinen Teil habe den noch nie gehört, und dann kennt ihn der Schnösel von Thun mit blauem Blut in seinen Adern?«

Tonino blieb der Mund offen stehen. In seinem Gesicht arbeitete es. Dann gab er sich geschlagen, und es war, als ob die Luft aus ihm rausgelassen würde und er auf eine normale Größe zurückschrumpfte. »Der von Thun war im Sommer hier. Danach haben mehrere Flaschen Wein aus dem Keller gefehlt, stellen Sie sich das vor!«

»Er hat Wein gestohlen?«

»Obwohl er mit dem Favre einen Vertrag gemacht hat, eine fünfstellige Summe.«

»Im Sommer?«

»Sag ich doch.«

»Sie wussten seit Sommer, dass hier gefilmt wird?«

»Ich dachte, Sie hätten ein gutes Gehör?«

Libby sank schwer auf ein kleines Weinfass. »Das … das ist ja ein richtiges Komplott.«

15

Diesen Schock musste Libby erst mal verdauen. Tonino starrte sie an. »Sie sind doch von der Polizei. Aber wissen Sie was, es soll mir recht sein.« Er hob die Lampe und zeigte ihr eine Lücke im Regal. »Dieser Idiot von Thun hat schon wieder geklaut. Da standen gestern noch zwei Flaschen Jahrgangswhisky. Ungefähr das Einzige von Wert im Haus. Ich hätte sie anbinden sollen.« Kopfschüttelnd ging er zur Tür.

»Ich erobere Ihnen die Flaschen zurück.« Libby hatte sich gefasst und erhob sich. »Wenn ich von Ihnen eine weitere Information bekomme.«

»Aber dalli. Die warten auf mich oben in der Bar.«

»Sie erwähnten ein Unglück, das sich vor vielen Jahren hier im Hotel ereignet hat. Worum ging es da genau?«

Libby wartete. Es gab Momente, da durfte man Menschen nicht drängen. Schließlich machte Tonino ihr ein Zeichen, ihm zu folgen. Er ging ein Stück den Flur entlang, öffnete eine unscheinbare Tür und begann, eine Stiege hochzusteigen, so schnell, dass sie ihn bald aus den Augen verlor. Außerdem brauchten die Tritte ihre Aufmerksamkeit – morsch war hier nur der Vorname.

Oben angekommen, betrat sie eine Art Abstellraum mit Putzzeug, einem Haufen Vorhänge und einer alten Kaffeemaschine. Libby entschied sich, stehen zu bleiben und zu warten, darauf vertrauend, dass Tonino seinen Whisky zu-rückwollte.

Durch eine verborgene Seitentür trat er ein, statt des Overalls trug er Hemd, Weste und Hose. Auf einem Bügel hingen weitere Kleidungsstücke.

»Worum es bei dem Unglück ging? Um eine Touristin. Sie wollte mit dem Sessellift rauf auf den Berg und kam nie oben an. Die Polizei war mit einem Großaufgebot unterwegs, wochenlang hatten wir Hubschrauber und Suchtrupps und Spürhunde da, sogar die vom Zivilschutz haben geholfen. Aber alles für die Katz.«

»Und was hatte das mit dem Grand Hotel Matterhorn zu tun?«

Tonino knöpfte die Weste zu. »Die Frau war Gast hier. Sie hatte ein Einzelzimmer, das mit der Nummer 13.«

»… das heute die Nummer 14 trägt.«

Er nahm eine rote Krawatte vom Bügel. »Die Sessellift-bahn liegt nur wenige Hundert Meter von hier. Sie gehört zur Hotelanlage.«

Libby war verblüfft. »Sie sagten, dass sie einstieg und nie oben ankam. Gibt es eine Zwischenstation?«

»Nein.« Er legte die Krawatte um. »Nur einen kurzen Halt, beim Mittelmast. Nicht zum Ein- oder Aussteigen gedacht. Eine Marotte der Kabelführung.«

»Ist sie trotzdem rausgeklettert?«

»Das haben alle vermutet. Aber der Mast liegt zehn Me-ter über dem Boden, und sie trug Sandalen. Außerdem hat die Polizei keine Spuren gefunden. Die Familie hat den Behörden jedoch nicht getraut und einen Privatdetektiv engagiert. Auch der suchte vergeblich.« Tonino nahm eine Jacke vom Bügel und zog sie über die Weste. Sie hatte Knöpfe aus Messing und Schulterpolster. Vom Hauswart zum wahren Butler, dachte Libby.

»Sie hieß Rosamaria. Sie war eine hübsche junge Frau.«

Libby dachte an das hellblaue Sommerkleid im Schrank der Nummer 14.

»Ein wenig wie Gwendolin.« Seine Stimme bekam eine andere Note. Er machte eine weitere Tür auf. »Nach Ihnen.«

Libby blieb auf der Schwelle stehen. Im Licht von einigen Kerzen öffnete sich vor ihr ein Saal. Sie trat ein und drehte sich langsam um die eigene Achse. Die eine Seite war mit Kisten vollgestellt, der Boden mit Plastik abgedeckt. Einige Kübel standen herum, ein Deckel war halb geöffnet, die Farbe, ein cremiges Weiß, war vertrocknet. In der Mitte lag ein Kristalllüster, oben an der Decke prangte ein Loch. Das Rauschen einer Schallplatte ertönte. Libby war mit dem Geräusch vertraut, hatte sie doch selbst noch einen alten Lenco, den sie ab und zu laufen ließ. Auch die Musik erkannte sie sofort, es war eine Walzermelodie, *Wienerblut* von Johann Strauß.

Tonino kam von der Seite auf sie zu und machte eine Verbeugung. »Darf ich bitten, Frau Andersch.«

Warum nicht?, dachte Libby, wenn sie so an die Informationen kam. Tonino war ein guter Tänzer. Seine Hand auf ihrem Rücken führte sie sicher durch die ersten Schrittfolgen. Ihre Hüfte machte wundersamerweise mit, bald vergaß sie das Zählen. Eine Sehnsucht erfüllte Libby plötzlich, etwas Wildes, Unzähmbares, tief in ihrem Innern, das nach oben blubberte. So vieles wäre möglich gewesen, für sie und für die junge Frau, die nie oben auf dem Berg angekommen und deren Schicksal mit diesem Hotel verbunden war. Genug, dachte Libby und blieb stehen. Es wurde wieder düster, der Duft verflog, die Geigen verstummten, die Flöten, die Oboe – der Walzer war zu Ende.

»Was war jetzt mit Rosamaria?« Ihre Stimme hallte durch den Raum.

»Wollen Sie es genau wissen?« Tonino fixierte die Wand mit dem bröckelnden Verputz.

»Sie ist hübsch. Sie trägt Sonnenbrille und Sonnenhut, einen Regenmantel über dem Kleid, weil für später Gewitter angesagt sind. Sie hat langes blondes Haar. Sie hat eine Wanderung vor. Der Mann von der Bodenstation hat sie schon mal gesehen. Am Vorabend, bei einem Fest in der Whiskybar. Obwohl er an viele Gäste Getränke ausgeschenkt hat, ist sie ihm aufgefallen. Er fragt nach. *Wandern Sie danach ins Tal? Allein? Passen Sie auf, in den Bergen sollte man nie allein sein.* Er hält den Lift an, bis sie sich richtig eingerichtet hat. *Gut so, junge Dame?* Er nimmt seinen Mut zusammen. *Wenn Sie zurück sind, trinken wir dann einen zusammen? Im Grand Hotel Matterhorn?*«

»Und?«, fragte Libby, bis zum Anschlag gespannt.

»Sie nimmt die Einladung an. Er freut sich den ganzen Tag. Aber zu der Verabredung taucht sie nie auf.«

16

Libby durchquerte das Fumoir und den Salon bis zur Rezeption, wo Gwendolins Körper zugedeckt unter dem Mantel lag. Von dem Bäuchlein war nichts mehr zu sehen. Die Kerzen waren fast heruntergebrannt, sie warfen lange Schatten an die Wände. »Ich wollte nicht stören«, sagte Libby zu der Toten. »Ich muss nur schnell was nachschauen.«

Einzig der Chefhirsch blickte Libby vorwurfsvoll an. Auf leisen Sohlen tappte sie zur Fotowand, kramte ihre Taschenlampe aus der Tasche und ließ den Strahl über die Fotos gleiten. Sie waren alle gerahmt, manche aus Holz, manche kitschig. Sie zeigten das Leben im Hotel. Ursprünglich war es ein heller Bau umgeben von Lärchen gewesen, der mitten im Wald stand. Hinter dem Haus, neben dem Rosenlabyrinth, gab es einen Ascheplatz, auf dem man im Sommer Tennis spielen konnte; im Winter diente er als kleine Eisbahn. Auch der Ballsaal war zu sehen, prächtig mit hoher Decke, dem polierten Holzboden und einem Flügel. Schließlich die Whiskybar, wo sich eine Menschenmenge vor dem Tresen tummelte. Weitere Gäste waren auf der Hoteltreppe posierend aufgenommen worden, oder im Hof, so wie sie das vor einigen Stunden gemacht hatten. Nebst dem Hotelbesitzerpaar, an der stolzen Haltung erkennbar, gab es ein in ein Kleidchen gezwängtes Kleinkind. Auf einem anderen Bild sah man eine Familie in Schwarz um ein Grab versammelt, und auf einem dritten die Belegschaft samt Koch. Schließlich gab es auch einige Prominente. Libby erkannte einen bekannten Walliser Skistar und eine Sängerin sowie den Chef des Weltfußballverbandes. Doch, in seinen besseren Tagen hatte das Grand Hotel Matterhorn durchaus etwas dargestellt.

Libby hob die Lampe und stellte sich auf die Zehenspitzen, um die Fotos zu sehen, die ihr bislang entgangen waren. Auf einem glaubte sie Tonino zu erkennen, eine jüngere Version seines heutigen Selbst. Das Bild daneben zeigte eine Polizeitruppe, alle mit Suchhunden und ernsten Mienen um einen Chef gruppiert. Eigenartig, dass es da hing. Libby nahm es vom Haken und drehte es um. Ein Zeitungsartikel war in den Rahmen geklemmt. Sie löste ihn, setzte sich in den Sessel und faltete den Artikel auf. Als Erstes strahlte sie ein Porträt an. Libby hielt den Atem an. Sie war das Ebenbild einer Frau, die sie gerade kennengelernt hatte, nur robuster und jünger. Wie eine Skizze, eine Fingerübung für die wirkliche Kunst. Rosamaria Montillo stand in der Bildunterschrift, dazu ihr Geburtsdatum, 1970, sowie ein kurzer Text:

UNGELÖSTE FÄLLE:
Vermisst am Hungerberg – Rosamaria Montillo

Die Vermisste wurde zuletzt gesehen, als sie am Dienstagmorgen, dem 14. Juni 1998, um 07.45 Uhr den Sessellift zum Hungerberg in der Nähe von Oberwald im Obergoms bestieg, in der Absicht, eine Tageswanderung zu machen. Nach einer dreiwöchigen Suchaktion durch die Polizei, die Bergrettung und den Zivilschutz wurden die

Bemühungen ergebnislos abgebrochen. Die Familie hat die Suche auf eigene Rechnung weitergeführt. Nach wie vor fehlt von der Vermissten jede Spur.

Der Artikel war herausgerissen und sechs Jahre nach Rosas Verschwinden datiert, am 14. Juni 2004. In einem Kasten gab es eine Statistik, dass viele solcher Fälle nie gelöst wurden, dass die Vermissten meist tot waren und dass man bei Rosamaria von einem Sturz in eine Fels- oder Gletscherspalte ausging. Wobei das Detail, dass sie nie oben angekommen war, unerwähnt blieb.

Libby lehnte sich zurück und ließ sich alle Vorgänge noch mal durch den Kopf gehen. Die Diva im Zug, die Blutschlieren, das Bistro in Göschenen, die Begegnung im Wagen, der abrupte Halt. Der Auftritt von Willi Favre, der sich als Touristikpräsident ausgab und unterschlug, dass ihm das Hotel gehörte. Die Ankunft, das Gruppenfoto. Edgars Snobismus. Pjotrs Eitelkeit. Mettes Kälte. Neles Verrücktheit. Pommers Opportunismus. Das One-Hit-Wonder. Das Zitronensorbet. Das Essen. Gwendolins Sturz. Neles Ausraster. Ruperts Abgang. Pjotrs Schwanken. Jules' Verzweiflung. Das tote Baby im Mutterleib. Der Hotelbetrug. Der Walzer mit Tonino. Die Vermisste. Eine Ahnung wurde zum Verdacht. Sie verwarf ihn, versuchte es aufs Neue, stellte weitere Überlegungen an. Sie hatte es fast, es fehlten noch einige Teile. Nicht mehr viele.

Ein fernes Pfeifen schreckte Libby aus ihren Gedanken.
Sie faltete den Artikel zusammen und steckte ihn zu
den restlichen Gegenständen in die Tasche, mittlerweile
wog sie ziemlich schwer. Dann erhob sie sich, hängte
das Foto wieder auf und eilte in die Küche – das Wasser
war beinahe verdampft. Sie hatte Glück gehabt. Sie füllte
den Kessel erneut bis zum Rand und legte ein Holzscheit
nach. Gerade als sie darüber nachdachte, ob sie zuerst bei
Noah oben kontrollieren oder nach Moana suchen sollte,
tauchte Pommer in ihrem roten Mantel am Türrahmen auf.

»Machen Sie Tee? Wir brauchen welchen in der Bar.«

»Die Tassen sind schmutzig. Ich muss sie erst spülen.«
Libby ließ kaltes Wasser ins Becken laufen.

Pommer verschränkte ihre Arme. »Wissen Sie, was mit
dem Licht ist? In der Bar ist es auch aus, es gibt nur noch
Kerzen. Und das Holz für das Cheminée qualmt und
zischt.«

»Tonino wird's richten. Er sollte bereits bei Ihnen sein.«

»Der.« Es klang verächtlich. »Noch nicht mal Whisky
hat er im Angebot. Eine Whiskybar ohne Whisky, ich lach
mich tot.«

Libby dachte an die beiden Flaschen und an den Thunfisch. »Ich sehe, was ich tun kann. Wie viel brauchen Sie?«

»Vier. Wir werden immer weniger.«

Libby holte die Tassen aus dem Ausguss und begann sie abzuspülen.

»Ist Rupert nicht mehr runtergekommen?«

»Er ist in seinem Zimmer. Ich habe ihn eingeschlossen, zu seinem Schutz.«

Libby fiel eine Tasse aus den Fingern ins Emaillebecken, dass es ein hässliches Geräusch machte. »Er kann nicht mehr raus?«

»Genauso wenig wie Nele. Die ist auch eingeschlossen. Doppelt genäht hält besser.«

»Sie kennen Nele gut?«

»Seit ewig. Eigentlich ist sie friedlich, nur nicht, wenn es um Rupert geht. Ich habe ihr ein mildes Mittel gegeben.«

Pommer, die Apothekerin. Was sie wohl noch so alles im Angebot hatte? Libby begutachtete die Tasse. Sie hatte einen Sprung. »Ist es nicht schwierig, so jemanden im Team zu haben?«

»Sie ist eine gute Schauspielerin, sie hat den nötigen Schuss Wahnsinn. Außerdem war sie bei der alten *Gaslicht*-Theaterproduktion dabei. Wir werden es marketingmäßig als ein Revival verkaufen. Wie bei Abba oder den Rolling Stones.«

»Die Rolling Stones haben nie aufgehört.«

»Wirklich? Ist ja egal.«

Wenig durchdacht, dieses Verkaufskonzept, fand Libby, trocknete die Tassen ab und stellte sie auf ein Holztablett. »Wer ist denn auf die Idee mit dem Revival gekommen?«

»Die Produktion. SCHEINFILM.«

»Edgar von Thun?«

»Mette. Sie ist die bessere Verkäuferin als er. Was ist jetzt mit dem Tee?«

Libby fand im »Foodtruck«, wie sie den Fresskorb für sich getauft hatte, Industrieschwarztee und welke Pfefferminzblätter. »Dieser Präsident erweist seinem Namen Ehre, er hat wirklich an alles gedacht. Dieses Hotel hat sich als Glücksfall erwiesen.«

Pommer verdrehte die Augen. »Mir wäre das Belvedere lieber gewesen. Wir wollten alten Gletscherchic und keinen Fünfziger-Jahre-Mief.« Sie zog ihren Mantel enger um sich. »Unter uns gesagt, die Aufnahmen hätten wir ohnehin nicht brauchen können. Da hat sich Jules etwas vorgemacht. Jetzt, da Gwendolin tot ist, reisen wir sobald wie möglich ab.«

Und kein Mitleid für die Tote? Zerrieben zwischen ihrem Chef und einem Kerl wie dem Thunfisch, zeigte die Pomeranze ihr wahres Gesicht.

»Muss teuer sein«, murmelte Libby, während sie die Pfefferminzblätter in die Kanne legte, »so ein Drehtag. Gwendolin hat auch Geld investiert, nicht wahr?«

Das hörte Pommer gar nicht gerne. »Darum war sie auch in der Position, auf Rupert zu bestehen. Niemand sonst stellt den mehr an.«

Libby goss das kochende Wasser über die Pfefferminze. »Mit Verlaub, Sie haben eben etwas anderes gesagt. Sie würden ihre Hand für ihn ins Feuer legen.«

Pommer lachte bitter. »Das sag ich vor Edgar. Muss ich ja. Ich würde ihm nie recht geben.«

»Wieso arbeiten Sie mit ihm zusammen? Ich könnte mir vorstellen, dass es einige Produktionsfirmen gibt und dass man als Fernsehsender wählen kann.«

»Er ist bald draußen, und dann übernimmt Mette den Laden. Sie ist gut, sie hat Visionen und sie geht über Leichen. Ihr Vorzug ist, dass man sie unterschätzt.«

Willkommen im Klub, dachte Libby und legte eine Packung Kekse neben die Tassen.

Pommer nahm das Tablett und ging zur Tür.

»Treiben Sie den Whisky auf, aber dalli.«

Libby schüttelte innerlich den Kopf. Was so eine Schürze bei Menschen für ein Hierarchiedenken auslöste? Danach füllte sie eine Flasche mit Wasser und ging über die Hintertreppe bis zum ersten Stock. Die Schnarchgeräusche aus Neles Zimmer waren bis in den Flur zu hören. Plötzlich spürte Libby einen Luftzug. Sie bückte sich und tat so, als ob sie Neles Schuhe putzen würde, in Ermangelung von etwas Besserem nahm sie den Schürzenzipfel.

»Geiler Putzlappen«, sagte Edgar von Thun. Er lief auf Socken und war darum lautlos.

Nachdem Libby ihren Schreck überwunden hatte, beeilte sie sich, die Schuhe wieder hinzustellen und sich aufzurichten. Als er weitergehen wollte, hielt sie ihn auf.

»Warten Sie. Ihnen sind nicht zufällig zwei Whiskyflaschen über den Weg gelaufen?«

Sein angespanntes Gesicht lief dunkelrot an. »Wie kommen Sie auf so was?«

»Die haben Beine bekommen. Vielleicht hat sie jemand aus Versehen auf Ihren Nachttisch gestellt. Ein Fachangestellter Hauspflege, oder so.«

Spontan fiel ihm keine Ausrede mehr ein, er suchte in der Hosentasche seines Anzugs nach dem Schlüssel. »In der Zeit können Sie meine Latschen auch putzen.«

Seine Schuhe standen vor seiner Zimmertür und waren durch und durch nass. Wo er wohl damit gewesen war?, fragte sich Libby.

»Putzen wird wenig nützen, Herr Thun.«

»Von Thun.« Sein Blick war stechend. »Ich habe kein Ersatzpaar. Scheiß Schnee.«

Und dabei hatte er am Nachmittag vom Ambiente geschwärmt.

»Ich glaube, unten in der Rezeption sind Hüttenpantoffeln.«

»Bei Gwen?«, fragte er. »Da gehe ich sicher nicht hin. Hab's nicht so mit Toten.«

Im Vergleich zu dem war Pommer ein Ausbund an Empathie.

»Ich verstehe. Es ist natürlich sehr schwer für Sie.«

Sein Nicken wirkte pflichtschuldig.

»Ich habe Gwendolin ja erst gerade kennengelernt«, sagte sie. »Sie schien mir genial.«

Er gab einen Laut von sich, der im besten Fall als verächtlich zu bezeichnen war. »Sie spricht fließend Französisch. Sie kann Klavier spielen. Und sie ist kälteresistent. Macht sie das zum Genie?«

»Ich dachte mehr hier am Filmset. Sie war ja irgendwie die Chefin, nicht?«

Das war zu viel. »Hat sie das gesagt? Nein, der Chef bin ich. Ohne mich wäre das hier alles nix. Geld kommt vor Kunst.«

Aus den Augenwinkeln beobachtete sie, wie er den Schlüssel im Schloss drehte, eine Stablampe anmachte und ins Zimmer trat. Es war in hellen Holztönen gehalten, mit einem breiten Bett auf einer Art Podest. Renoviert und einladend, wenn nicht ein Chaos herrschen würde. Am Schrank hingen mehrere Anzüge, eine einzelne Socke lag auf dem Boden, und auf der alten Glastischplatte war etwas weißer Puder verteilt, den Libby als drogenartige Substanz einschätzte, dazu die beiden Flaschen, die der Thunfisch nun ergriff und zu Libby in den Flur brachte.

»Ist das der Whisky?« Libby stellte einen geputzten Schuh hin und besah sich die Etikette. »Ein Jahrgangstropfen.«

»Ich denke, es war Nele. Sie hat mir die Flaschen reinge-
schmuggelt.«

»Wieso sollte sie das tun?«

Auch da fiel ihm nichts ein, kein Geschichtenerzähler,
der Thunfisch. Jedes Klischee hatte seine Brüche.

»Danke auf jeden Fall. Ich werde sie Tonino zurückbrin-
gen.«

»Sie meinen den Glöckner vom Grand Hotel.«

Das war eine Beleidigung, Libby musste sich beherr-
schen. »Wirklich? Ist er der Besitzer?«

»Wieso Besitzer? Das war der von Notre Dame auch
nicht. Da würde der Favre Willi ziemlich sauer werden.«

Er war in ihre Falle getappt wie ein Anfänger. Auch in
dem entsprach er nicht dem Klischeeproduzenten, dieser
Edgar von Thun war keine helle Kerze.

»Wer ist Favre?«, fragte Libby unschuldig.

Wenn dunkelrot eine Steigerung erfahren konnte, dann
passierte es. Seine Haut glühte.

»Los, los, Schuhe putzen.« Er wollte ihr auch den zweiten Schuh aufdrängen.

»Leider habe ich keine Zeit mehr, ich muss den Whisky
in die Bar bringen. Aber nehmen Sie den Föhn. Für die
Schuhe. Alter Köchinnentrick.«

»Der Strom ist ausgefallen, nicht gemerkt? Eine verdammte Schlamperei.«

»Beschweren Sie sich doch bei diesem Favre Willi, wenn
Sie sich so gut verstehen. Vielleicht kann er's richten.«

Er knallte die Tür hinter ihr zu. Libby war noch nie ein
Fan von Adel gewesen, außer bei der Queen, die hatte sie
gemocht. Sie entschied sich, die Flaschen stehen zu lassen
und bei Rupert und Noah nachzusehen.

18

Herr Jablonsky?« Libby klopfte. »Ich habe Ihnen frisches Wasser hingestellt.«

Sie ging weiter und stand bereits bei der Schaufensterpuppe und der Treppe zum Dachboden, als ihr die Stille unheimlich wurde. Rupert hatte keinen Mucks getan. Sie ging noch einmal zurück und klopfte energischer.

»Hallo? Können Sie bitte an die Tür kommen?«

Vermutlich war er eingeschlafen. Vielleicht hatte er auch Kopfhörer auf. Aber die Vorstellung, dass ein Feuer ausbräche und der arme Mann nicht aus seinem Zimmer käme, ließ sie ein weiteres Mal klopfen. Er musste wissen, dass er eingeschlossen war. In seinem Auftrag könnte sie bei Pommer auch den Schlüssel verlangen. Sie vernahm ein Knarren. Es kam jedoch nicht aus dem Zimmer, sondern irgendwo von links.

Vorsichtshalber zog sich Libby hinter die Schaufensterpuppe zurück. Von da aus konnte sie genau beobachten, wie sich Millimeter um Millimeter eine weitere Tür öffnete, die ihr bislang nicht aufgefallen war. Erst erschien eine Kerze. Danach ein schmales Gesicht mit hohen Wangen und riesigen Augen.

»Ist da jemand?«, wisperte Noah. »Frau Andersch, sind Sie das? Ich bin eingebrochen. Aber der Mann da drin, der Knecht Ruprecht … Er ist tot.«

***

Hinter der Tür war ein altes Badezimmer, so wie Libby das aus ihrer Jugend kannte. Die rechteckige Badewanne, die gelblichen Kacheln und der verkalkte Wasserhahn heimelten sie fast ein wenig an, vor allem bei Kerzenlicht. Eine weitere Tür stand etwas offen.

»Das Schloss musste ich aufknacken.« Noah griff in seine Hosentasche und holte Libbys Taschenmesser raus. »Einmal umdrehen und zack.«

»Das hast du gut gemacht.«

Noah sah sie erstaunt an, er hatte offenbar mit Schelte gerechnet. Allerdings konnte er auch kaum erahnen, wie erleichtert sie war, dass er gesund und munter vor ihr stand.

Rupert lag auf einem schmalen Einzelbett und hatte die Decke bis zum Hals gezogen.

»Hallo, Rupert, können Sie mich hören? Ich bin Libby Andersch.«

Aber er regte sich nicht. Noah stellte sich neben Libby. Seine Augen waren so groß wie Schoggitaler. »Was machen wir jetzt? Kommen wir ins Gefängnis?«

»Nein, nein. Er ist nicht tot, er atmet flach. Fühl mal.« Sie führte einen Finger Noahs an Ruperts Nase.

»Es wird ein wenig warm.«

Gut, er hatte was gelernt.

»Aber … wieso riecht es hier so nach Aprikose?«

Das war Libby auch aufgefallen, und sie hatte so eine Ahnung. Daher erstaunte es sie nicht, als Rupert zu würgen begann.

»Sie! Das ist die Totenstarre.«

»Du gamst zu viel mit diesen Fruchtzwergen. Mach das Fenster auf. Ihm ist bloß schlecht.«

Libby sah sich nach einem Kübel um und bemerkte, wie

heruntergekommen der Raum war, eine Mischung aus wuchtigen und zierlichen Möbeln auf einem mottenzerfressenen Teppich. Rupert hatte nichts ausgepackt. Einzig der Filmtext, ein Handy mit Ladegerät sowie eine Tüte mit Hundeleckerlis lagen auf einem schmalen Schreibtisch akribisch nebeneinander. Die Plastikschale auf dem Boden war wohl ebenfalls für Senfkorn gedacht. Libby hob sie auf, besser als nichts. Sollte ihm ein Malheur passieren, wäre sie gewappnet.

Ruperts Brechreiz war vorbei, und auch Noahs Bemühungen, das Fenster zu öffnen, waren erfolgreich. In der kalten Nachtluft stellte er sich wieder neben Libby. »Ich glaube, jetzt ist er richtig tot.«

»Aber Tote atmen nicht.«

»Zombies schon.«

»Sieht der Rupert aus wie ein Zombie?«

»Vielleicht ist er gut getarnt.«

»Und wie würdest du es rausfinden?«

»Ich könnte ihm eine klatschen.« Er hob die Hand. »Wenn er dann seine Krallen ausfährt, wissen wir es.«

»Lass gut sein, Noah, er ist kein Zombie. Sag mal, was machst du eigentlich hier?«

»Es war langweilig allein auf dem Dachboden.«

Sofort war Libby alarmiert. »Wieso allein? Senfkorn ist doch bei dir.«

»Den hat jemand geholt.«

»Wer denn?«

»Keine Ahnung.«

»Keine Ahnung hat ihn abgeholt? Na, die kann was erleben.«

Noah lachte. »Es war so eine Frau. Ich hab sie nicht gesehen.«

»Und wieso weißt du, dass es eine Frau war?«

»Sie hatte eine hohe Stimme.«

Eine hohe Stimme, dachte Libby, wollte nichts heißen.

»War es Pommer? Oder Mette?«

Er überlegte. »Ich glaube, es war Gwendolin. Das wäre ja in Ordnung. Die ist nett.«

Gwendolin? »Wann war das, Noah?«

»So vor etwa zweihundert Minuten. Sie hat ihm Lecker-lis hingeworfen, da ist er die Treppe runter.«

Gwendolin konnte es kaum gewesen sein. Libby tippte auf Moana. Vermutlich war die Suche nach dem Störgerät doch schwieriger als gedacht. Rupert rollte sich seitlich ein, wobei eine Flasche aus seinen Händen kullerte und auf den Boden knallte. Sie hatte ein buntes Etikett. Ein 40-prozentiger Apricotine aus der Destillerie Oberwald. Als Libby sie in dem Buffet gesehen hatte, war sie halb voll gewesen. Sollte er all das in sich hineingeschüttet haben, musste er ordentlich einen sitzen haben. »Bestimmt hat er sich die Flasche im Salon geholt.«

Noah streckte die Hand in die Luft, als wäre er in der Schule. »Das stimmt nicht. Als ich mich vorher runterge-schlichen habe ...«

»Verbotenerweise!«

»... ist gerade Frau Pommer raufgekommen, mit der Flasche in der Hand. Sie hat geklopft. Nachschub, hat sie gesagt. Du musst viel Wasser trinken, Ruprecht.«

»Er heißt Rupert, Noah«, sagte Libby. »Du solltest den Namen endlich korrekt aussprechen. Menschen mögen die Verhunzerei nicht.«

»Sie nennen die Pommer ja auch Pomeranze.«

»Einmal ist mir das rausgerutscht.«

»Top-Agenten hören alles.«

Libby räusperte sich. »Die Frau Pommer hat Rupert also Wasser gebracht.«

»Sie hat ihm diese Flasche gegeben. Ich habe es genau beobachtet. Die Früchte kenne ich von Frucht Ninja. Da sind sie die Bösen.«

»Aprikosen sind böse?«

»Im Game. In echt ist die Pomeranze böse. Sie hat Rupert ins Zimmer geschubst, die Tür zugesperrt und den Schlüssel abgezogen.«

Libby hob die Flasche auf. Der Hals war klebrig, eine Mischung aus Staub und Fett pappte daran. »Und sie hat wirklich so getan, als wäre es Wasser?«

»Ja, aber der Rupert ist selbst doof. Sieht ja ein Kind, dass das eine Aprikose ist.«

Mit einem Plopp zog Libby den Zapfen heraus. »Hm.« Sie roch daran. »Süß und fruchtig. Er muss Tomaten auf der Nase gehabt haben.«

Oder er war zutiefst verzweifelt. Und nach dem ersten Schluck war es zu spät gewesen. Wenn man einem Suchtkranken nur ein klein wenig von seinem Manna verabreichte, musste man damit rechnen, dass er rückfällig wurde. Ziemlich hinterhältig von Pommer. Libby kam immer mehr zum Schluss, dass sich sie und der Thunfisch beide auf ihre Weise die miesesten Tricks dieser Filmwelt angeeignet hatten und sie an Leuten ausließen, die in der Hierarchie unter ihnen standen.

»Hol mal Wasser aus dem Bad. Da steht ein Krug, das habe ich vorhin gesehen.«

Als Libby erneut versuchte, Rupert zu wecken, rollte er sich auf die andere Seite. Diesmal flatterte eine Karte zu Boden. »Toi toi toi«, stand darauf, sie war mit Gwen unterschrieben. Dazu ein Herz. Und daneben die Umrisse eines Babys. Also wusste er von der Schwangerschaft.

»Mit Schwung, Noah!«, sagte Libby, als er zurückkam.

Noah verstand. Er hob den Tonkrug und schüttete Rupert alles über den Kopf, der nach oben schoss und verwirrt um sich blickte.

»Nicht mehr einschlafen.« Libby setzte sich auf die Bettkante. »Ich muss Sie etwas fragen.«

Er verdrehte die Augen und drohte, wieder zusammenzusinken.

»Noah! Warte im Flur auf mich.«

Kaum war er weg, gab sie Rupert eine Ohrfeige.

»Jetzt hören Sie mal zu! Es geht um Gwendolin. Sie ist tot, und das ist eine Tragödie. Aber nun wird ihr Leumund zerstört, von Leuten wie diesem Edgar von Thun. Ich wehre mich dagegen, dafür muss ich aber einige Dinge wissen. Waren Sie im Zug mit ihr zusammen?«

Er holte tief Luft und bemühte sich wirklich. »Nicht mit Gwen. Ich war mit Nele … Pommer und Mette … erste Klasse. Aber nicht die ganze Zeit … Ich war auch im Speisewagen.«

»Und haben ein Bier getrunken?«

»Einen Tee. Ich trinke nicht.«

Bis auf gerade eben. »Und Gwendolin?«

Er zögerte. »Im Helikopter mit Edgar und Pjotr.«

»Das ist eine Lüge. Sie war im Zug, zweite Klasse, zusammen mit Jules.«

Die Konfrontation mit der Wahrheit machte ihn nüchterner als alle Versuche zuvor. Er rappelte sich auf und blickte Libby an. »Wenn Sie es wissen, was fragen Sie dann?«

»Haben Sie sie im Zug getroffen?«

»Nein.«

»Haben Sie die Notbremse gezogen?«

»Warum sollte ich?«

»Jemand aus Ihrer Truppe hat es gemacht.«

»Ich nicht.«

Blieben Nele, Mette oder Pommer.

»Lieben Sie denn Gwendolin noch?«

»Wie einen Freund.«

»Waren Sie eifersüchtig auf Pjotr?«

»Schon lange nicht mehr.« Er gab einen unheimlichen Laut von sich, wie ein grollender Bär. »Ich muss jetzt schlafen.«

»Eine allerletzte Frage. Erinnern Sie sich, wann Pjotr einen Schlaganfall hatte?«

»Die leichte Streifung?«

Leichte Streifung klang weniger bedrohlich, dachte Libby. Sie verstand, dass Pjotr diese Version herumerzählte.

»Vor zwei Jahren. Aber er hat nie darüber gesprochen, ich wusste es, weil ich dabei war.«

»Und seit wann ist Gwendolin mit Jules zusammen?«

Er starrte sie aus blutunterlaufenen Augen an. »Seit einem Jahr.«

»Und von wem ist das Kind?«

Er hob abwehrend die Hände. »Ich werde Pate, das reicht mir.« Dann brach er zusammen, und gleich darauf begann er zu schnarchen.

»Ist er wieder gesund?«, fragte Noah, als sie zu ihm in den Flur trat.

»Wir müssen ihn schlafen lassen. Und dank dir kommt er ja ganz einfach aus dem Zimmer.«

»Wieso hat die Pomeranze die Tür verschlossen?«

»Ein Versehen«, sagte Libby.

»Das glaub ich nicht. Die hat sogar zweimal umgedreht. Sie hat ihn ausgeknockt.«

»Sag mal, Noah, in deinen Games. Wen, wie nennt man das, knockst du out?«

»Die Feinde.«

Was könnte Pommer gegen Rupert haben?

»Oder die Feinde deiner Freunde«, fügte er noch hinzu.

»Das ist eine interessante These.« Wer wohl zu Pommers Freunden zählte? Und für wen von denen könnte Rupert ein Problem sein?

19

Draußen im Flur hinderte Libby Noah einmal mehr daran, die vordere Treppe zu nehmen, die in die Rezeption hinunterführte. Stattdessen gelangten sie über die Hintertreppe in den ersten Stock bis vor die Zimmertür vom Thunfisch. »Zwischenhalt. Wir müssen etwas sicherstellen.«

Die Whiskyflaschen standen so da, wie sie sie zurückgelassen hatte.

»Kannst du die tragen?«

»Ist das auch Schnaps? Mama sagt …«

»Tragen heißt nicht trinken und ist nicht ansteckend. Du bist doch ein Gentleman!«

»Was ist das?«

»Trag sie einfach.«

»In Ordnung, Frau Andersch.«

***

Moana saß in der Küche und aß die Reste vom Kirschkuchen, sie wirkte verschwitzt und außer Puste, von der Windjacke tropfte geschmolzener Schnee und hinterließ eine Pfütze auf dem Boden.

Noah schrie vor Freude, als er von Senfkorn angesprungen wurde. »Da bist du ja.«

Als wären sie seit Ewigkeiten beste Freunde, dachte Libby. So geht Wiedersehensfreude.

»Du bist die Hundeentführerin!«, stellte Noah fest.

Moana lachte breit. »Er musste mir helfen. Frau Andersch hat mir eine ziemlich komplizierte Mission verpasst. Du hättest ihn ja vermutlich nicht freiwillig rausgerückt.«

Libby kam auf den Ernst des Lebens zu sprechen. »Was ist mit der Störquelle?«

Leider konnte Moana keine positive Nachricht vermelden. »Senfkorn und ich waren im Keller, im Schuppen, in der Garage. Wir haben alte Pferdeboxen aufgespürt und ein zweites Gartenhaus. Nirgendwo ein vereinsamtes Laptop oder ein Sender. In die Hotelzimmer zu gehen, habe ich mich nicht getraut.«

So vielversprechend Libby die Vorstellung einer Störquelle gefunden hatte, so aussichtslos beurteilte sie die Suche danach. Dieser Sender konnte sonst wo stehen. Das bedeutete eine Planänderung, die Kinder mussten auf der Stelle weg aus dem Hotel.

»Passt mal auf.« Sie zeigte auf die Flaschen, die Noah auf den Tisch gestellt hatte. »Ich muss den Herrschaften den Whisky bringen.«

»Wieso?« Noah hatte von Senfkorn abgelassen und wirkte etwas erschöpft. »Sie sind doch keine Bedienung.«

»Ich bin verdeckt unterwegs, Noah. Es gibt hier ein Geheimnis.«

»So was wie 'ne Mystery-Challenge?«

»Genau. Es fehlt nicht mehr viel. Einige Puzzleteile.«

»Und die kriegen Sie in der Bar, Frau Andersch?«

»Möglicherweise. Während du und Moana …« Sie musterte ihre junge Truppe. »Würdet ihr euch zutrauen, bis ins Dorf zu kommen, um einige wichtige Gegenstände in Sicherheit zu bringen? Durch den Schnee, zu Fuß?«

Die beiden wirkten wenig begeistert.

»Ich weiß, das wäre ziemlich gefährlich.« Libby tat, als würde sie zögern. »Ach was, eine blöde Idee. Vermutlich seid ihr zu wenig erfahren dafür.«

»Wieso?« Moanas Ehrgeiz war geweckt. »Ich war schon einige Male hier mit den Pfadfindern, ich kenne eine Abkürzung.«

»Ist das eine echte Mission?«, fragte Noah.

Libby nickte. »Nicht wie in einem deiner Games.«

»Das müssen Sie beweisen, Frau Andersch!«

Hab ich dich, dachte Libby und war froh um ihre Voraussicht. »Schau mal in deinem Handy nach. Hast du eine SMS bekommen?«

Er wurde ganz aufgeregt. »Da schreibt mir sonst nur Mama. Es sieht aus wie ein Geheimcode.«

Die Zahlenfolge überzeugte ihn, Libby wand Kommissar Meier in Gedanken ein Kränzchen.

»Können wir gleich gehen? Was für Gegenstände sollen wir transportieren? Dokumente? Waffen? Geld?«

»Oh, das ist alles viel unspektakulärer.« Eins ums andere zog Libby die Beweismittel aus der Handtasche. »Eine Spitzfeder. Teelöffel, ein Schal und ein Textbuch. Alles zusammen muss versendet werden, in einem Paket mit dem SMS-Code zum Kriminaltechnischen Dienst nach Brig.« Libby zeigte auf einen alten Rucksack an der Garderobe, zwar verblichen, aber robust. »Wir packen es da rein. Und etwas Proviant. Noah, sieh mal im Foodtruck nach, was noch übrig ist.«

Als er nicht verstand, erklärte sie ihm, dass sie den Korb meinte. »Das ist Filmsprache, mein Lieber. Da kannst du was lernen.«

Innerhalb kürzester Zeit waren die beiden abmarschbereit. Libby war sicher, das Richtige zu tun. Moana war zuverlässig und kannte die Gegend, Noah war flink. Außerdem hatten sie den Hund. Der tänzelte um sie herum, als sie in Moonboots, Handschuhen, Mützen und dicken Jacken bei der Terrassentür bereitstanden. »Ihr seht gut aus.«

Moana schnallte den Rucksack mit den Beweisstücken um. Dabei entdeckte sie in einer Außentasche eine Karte. Sie faltete sie auf und war begeistert. »Mit allen Wanderwegen ums Dorf herum. Hier ist sogar mit Farbstift eine Route eingezeichnet.«

»Geil«, sagte Noah und ließ sich den Weg ins Dorf zeigen. »Google Maps im real life.«

Libby hatte die Vision einer zierlichen Hand, die sich vor vielen Jahren die Karte angesehen hatte. »Weißt du was, steck die auch gleich in die Plastiktüte. Die gehört mit zur Mission.«

Libby holte Kleingeld und einen Schein aus ihrem Portemonnaie. »Das ist für die Spesen.«

»Können Sie das nicht twinten?«

Der Reisende ist noch nicht am Ziel, dachte Libby belustigt. »Ich bevorzuge Bares, den Rest darfst du behalten.« Libby steckte das Geld in die Brusttasche von Noahs Jacke.

»Yeah! Damit kriegen wir die 4G-Saboteure.«

Moana machte ein Siegerzeichen. »Die Alten und die Kinder! Die haben uns ganz schön unterschätzt.«

»Sobald ihr im Dorf angekommen seid«, Libby notierte Meiers Telefonnummer auf einen Zettel und steckte ihn zum Rest, »ruft ihr diese Nummer an. Der Herr wird euch erst nicht glauben. Aber wenn ihr alles gut erklärt, sagt er euch, wie es weitergeht mit den Beweisen. Außerdem wird er eine Streife ins Grand Hotel schicken, wenn nötig im Schneepflug. Ich muss wissen, dass es euch gut geht. Und jetzt raus mit euch.«

Libby legte ihr Cape um, rückte die Brosche zurecht und folgte den beiden auf die Terrasse. Der Sturm hatte sich gelegt. Die Lärchen sahen aus wie Schneeriesen, und hinter den Wolken war ein bleicher Mond hervorgekommen. Er tauchte die verschneite Landschaft in ein milchiges Licht, was günstig war, weil die beiden eine bessere Sicht hätten.

Moana zeigte Libby einige Fußspuren, andere als eben, sie gehörten nicht Tonino. »Sehen Sie nur, Frau Andersch, sie sind frisch. Keine Moonboots, sondern Halbschuhe. Und sie gehen in Richtung des Hungerbergs. Da würde ich jetzt nicht raufgehen. Das ist gefährlich.«

Libby tippte auf den Thunfisch. Er war ein wirklich dummer Kerl, anders konnte man es nicht sagen. Nun würde er da hochkraxeln und sein Leben riskieren, nur um Handyempfang zu bekommen. Auch gut, dachte Libby, einer weniger.

Plötzlich schoss Senfkorn an ihnen vorbei, durch das Labyrinth in Richtung Wald. Noah folgte ihm, eine Wolke Schneestaub hinter sich lassend.

»Wollen Sie nicht auch mit, Frau Andersch?« Moana blickte sie aus ihren dunklen Augen an. »Ich weiß nicht, aber es ist recht unheimlich in dem Hotel.«

Libby tätschelte ihre Hüfte. »Ich wäre nur hinderlich. Nein, nein, ich kann gut auf mich aufpassen. So wie du auf Noah aufpasst. Seid vorsichtig. Sprecht mit keinem Menschen, vor allem mit keinem von den Gästen hier. Lauft direkt ins Dorf!«

Moana umarmte Libby und rannte los, bis sie Noah und Senfkorn erreichte. Eine kleine und eine große Gestalt, und dazu der Irrwisch von Hund. Sie wurden kleiner und verschwanden schließlich zwischen den verschneiten Bäumen. Nur noch die Luft flirrte.

Libby atmete auf, eine Last weniger. Nun hatte sie freie Bahn. Sie ging in die Küche zurück, hängte ihre entrümpelte Tasche über den Arm, packte die beiden Whiskyflaschen hinein und betrat einmal mehr den dunklen Flur. Auf der Suche nach der Bar verlief sie sich. Plötzlich vernahm sie ein Geräusch. Schleifend und abwartend, als ob jemand ihr heimlich folgte.

Libby blieb stehen.

»Hallo?« Die Stimme war hoch und geisterhaft. »Elisabeth, was machst du?«

Der Text aus dem Film. Bis auf die nicht unwichtige Tatsache, dass die Filmfigur Paula hieß.

»Elisabeth, bist du hier? Ich erwische dich, hörst du.«

Dann erklangen Schritte. Taptaptap, alles zurück, über den Flur und davon. Als Libby die Stelle untersuchte, wo die Person gestanden haben musste, roch es nach Maiglöckchen. Aber Gwendolin war tot, der Duft konnte nicht von ihr stammen. Und da es keine Gespenster gab, diesbezüglich war Libby ganz die Realistin, versuchte jemand, ihr zu drohen, jemand, der in ihr, einer angejahrten Kinderbegleiterin und Aushilfsköchin, eine Gefahr sah.

Weit weg schlug eine Uhr Mitternacht.

20

Kurz vor dem Eingang zur Bar war Musik zu hören. Udo Jürgens sang *Griechischer Wein,* Libby kannte das Lied. Damals war sie Mitte zwanzig gewesen und hatte gerade ihre Arbeit am Institut aufgenommen, Sekretärin hatte man den Beruf genannt.

Hinter der Theke stand Tonino, in den dunklen Anzug gekleidet, mit der Krawatte als einzigem Farbtupfer. Er zwinkerte Libby unbemerkt zu.

»Endlich! Das hat ja vielleicht gedauert!« Pommer saß auf einem Barhocker. »Her damit!«

Sie riss Libby eine der Flaschen aus den Fingern und füllte ihre Teetasse. Weitere Tassen standen halb voll auf einem kleinen runden Holztisch, aber Mette und Jules, die flüsternd in ein Gespräch vertieft waren, ignorierten sie. Mette schien Jules zu trösten.

Libby stellte die zweite Flasche auf die Holzplatte und blickte sich diskret um. Dieser Raum entschädigte für alle stilistischen Brüche, die sonst im Grand Hotel Matterhorn vorherrschten. Die Theke und das Regal für die Flaschen waren aus dunklem, schimmernden Mahagoni. Das Holz spiegelte, Tonino hatte mittels Kerzen sämtliche Töpfe, Vasen und Gläser in Lichtquellen verwandelt. Im Kamin, der fast eine ganze Seitenwand einnahm, prasselte ein Feuer. »Wollen Sie auch einen?«, fragte Tonino.

»Warum nicht?«

Er nahm ein schweres Glas aus einem Regal, mit einer goldenen Zeichnung, Dionysos schien es ihr. Auf jeden Fall ein griechischer Gott. »Zwei Fingerbreit.«

Tonino schenkte ein.

Mit dem Glas in der Hand näherte sich Libby der vierten Wand, die voller gerahmter Fotos hing. Eines kam ihr bekannt vor. Verstohlen sah sie sich um. Alle waren beschäftigt, keinen kümmerte, was sie tat. Gerade als sie das Foto abgenommen hatte, trat Pjotr Voss ein, ebenfalls mit einer Teetasse bewaffnet. Seine Lederschuhe waren nass.

»Ach, die Frau Andersch«, sagte er bei Libbys Anblick. Er schien eine Metamorphose durchgemacht zu haben, sein stiller Schock hatte sich in eine Form von Aggression verwandelt, die den Raum zum Vibrieren brachte. »Was haben Sie denn da Schönes?«

»Verzeihung, meine Hüfte.« Libby gelang ein Stolperer, für den sie noch lange bezahlen würde. Dafür hielt sie Pjotrs Autogrammkarte in der Hand, während das Bild in ihrer Handtasche verschwunden war. »Ich wollte sie schon die ganze Zeit fragen, würden Sie …?«

Pjotr Voss unterschrieb mit Schwung und reichte Libby die Karte mit einer Verbeugung zurück.

»Setzen Sie sich doch zu uns.« Er klopfte auf einen Hocker. »Keine Angst, Pommer beißt nicht.«

Pommer hielt ihren Rücken kerzengerade.

»Vielen Dank. Aber ich will Sie nicht stören.« Libby setzte sich an das letzte freie Tischchen und zog das Strickzeug heraus. Sie wusste nun, was aus dem Wollgewebe werden würde. Wenn sie sich beeilte, würde sie es schaffen. Ihre Nadeln klapperten im Takt des Lieds, bis das Glockenspiel verklang, nur um gleich darauf erneut zu beginnen.

»Was für eine trostlose Endlosschleife«, murmelte Mette.
Sie hatte sich eine Zigarette angezündet, und niemand
schien sich dran zu stören.

Pommer lachte schrill. »Die Juke-Box ist schlecht be-
stückt, es gibt nur drei Lieder. Das hier ist das beste ... *so
wie das Blut der Erde ...*« Sie summte den Refrain mit.
»Oder wollt ihr lieber *Ein bisschen Frieden*?«

»Ich will *ein bisschen Whisky*.« Pjotr spuckte ein Bonbon aus.

Pommer legte eine Hand auf seine. »Geh es langsam an.
Du hast einen Schock.«

Trotzdem kippte er den Alkohol, den Tonino in seine
Tasse goss, in einem Zug hinunter und verlangte Nachschub.

Als Pommer erneut protestierte, holte er aus und fegte
sie mit einer Handbewegung vom Hocker. Der Knall war
dumpf. Jules und Mette blickten nur kurz hoch, während
Tonino die Tasse mit stoischem Gesichtsausdruck erneut
füllte.

Pommer übersah Libbys helfende Hand und rappelte
sich auf. »Sorry, Pjotr, ich wollte dich nicht ....«

Das Bonbon klebte an ihrem roten Mantelrevers.

»Dann tu es auch nicht.« Pjotr setzte sich auf den freien
Hocker. Die Verhältnisse hatten sich gekehrt, er war jetzt
der Boss.

Jules stöhnte. »Was spielst du dich so auf, Pjotr?«

»Halt die Fresse.«

Hier werden die Messer gewetzt, dachte Libby. Auch
wenn sie gewollt hätte, sie kam nicht mehr raus, denn Jules
stellte sich vor die Tür.

»Gwen und ich sind seit über einem Jahr zusammen,
dass du es weißt.« Sein französischer Akzent war plötzlich
sehr gut hörbar.

»In deinen Träumen.« Auch Pjotr hatte sich erhoben, sodass sie sich wie zwei Hähne gegenüberstanden. Wobei Pjotr nicht nur weniger kräftig, sondern auch kleiner war. »Du billiger Bilderclown!«

Was für eine Beleidigung für einen Kameramann.

Jules reagierte entsprechend. »Du weißt genau, dass es stimmt. Wir sind ein Paar. Sie hat bei mir in Lausanne gewohnt. Wir waren glücklich. Das Baby war geplant.«

»Ein Baby?« Pommer wischte sich mit einem Papiertaschentuch etwas Blut von der Lippe. »Welches Baby? Mette, wovon spricht er?«

Mette winkte ab. Ich weiß etwas, das du nicht weißt, sagte ihre Miene, und ich sag's dir nicht.

Pjotr schwankte in Libbys Sichtfeld hin und her. »Quatsch. Sie wollte, dass ich der Vater bin.«

Jules wurde kalkweiß. »Das ist nicht wahr.« Er suchte in seiner Parka. »Hier habe ich den Termin zur Kontrolluntersuchung von Gwens Ärztin.«

Er hielt den zerknitterten Zettel vor sich, als wäre es ein Vaterschaftstest. Libby beugte sich vor und konnte das Firmenzeichen eines Lausanner Spitals erkennen. »Er ging auch an mich.«

Ein fast identisches Logo prangte auf einem anderen Schreiben, das Pjotr in diesem Moment aus seiner Lederjacke zog. »Das ist vom Züricher Unispital. Sie hat mit dir gespielt, sieh es ein. Aber im Gegensatz zu dir war ich eingeweiht.«

Pjotr faltete das Schreiben schnell wieder zusammen. Es ist wahrscheinlich eine Einladung für eine Hirnlappen-Kontrolle mit dem Magnetresonanztomographen und keine Einladung zur Kontrolluntersuchung, dachte Libby.

»Du verdrehst die Dinge.« Jules versuchte vergeblich, das Schreiben zu erhaschen. »Gwendolin hat dich vor Monaten verlassen, und du hast es nicht akzeptiert. Sie war nie in einer Zürcher Charité.«

»Das heißt Krankenhaus. Du hättest besser Deutsch gelernt, als Kameramann zu werden. Bilder ernähren kein Kind.« Pjotr baute sich erneut auf, aber er konnte es drehen und wenden, wie er wollte, Jules war kräftiger, größer und … jünger.

»Du bist krank, Pjotr.« Jules packte Pjotr am Revers der Lederjacke. »Dein Hirn ist voll von Nebel.«

»Du kannst ihr nicht den Standard bieten, den sie braucht.«

»Sie braucht einen gesunden Vater für ihr Kind. Du hattest einen Schlag, du bist krank.«

Nun war es draußen, das große Geheimnis. Pjotrs Reaktion war gespenstisch. Ein hohes Lachen, das mit der Trommel der Udo-Jürgens-Melodie verschmolz.

»Schlag? Was meinst du damit? Taubenschlag. Schlagseite. Schlägerei.« Unvermittelt holte er aus, aber Jules hielt seine Hand fest, als wäre sie aus Pappe.

»Ein Schlaganfall. Ein Hirnschlag. Dein Hirn ist kaputt. Gwen hatte keine Zukunft mit dir, sie wollte mich.«

»Quatsch. Als kleinen Bruder hat sie dich gesehen. Als Spielzeug …« Im Reden versucht Pjotr, seine alte Macht heraufzubeschwören. »Ich wäre Vater geworden, wenn du sie nicht aus Eifersucht die Treppe hinuntergestoßen hättest.«

Jules' Hände zuckten und legten sich um Pjotrs Hals.

»Töte mich nur, Jules, so wie du es mit ihr gemacht hast.«

Alle erstarrten. Auch Libby. Bis Jules Pjotrs Hals losließ. »Ich habe nichts getan. Du warst es!« Er ließ die Arme sinken. Sie baumelten an ihm herunter wie nutzloses Zubehör.

»Wieso sollte ich der Mutter meiner Tochter etwas antun wollen?«

Jules sah verwirrt aus.

Pjotr rieb seinen Hals. »Hast du nicht gewusst? Aber behaupten, sie hätte dich als Vater gewählt ... Moana Voss, so hätte sie geheißen. Den Namen habe ich vorgeschlagen, und sie fand ihn gut.«

Moana, dachte Libby wenig beeindruckt. Weiß sie von ihrem Glück?

Jules jedoch war nur noch ein Häufchen Elend. »Eine Tochter ... wir hätten eine Tochter bekommen.« Er rutschte der Wand nach auf den Boden und begann zu schluchzen.

Pjotr ging zur Theke und machte Tonino ein Zeichen. »Noch einen, Chief.«

Pommer entwich ein Laut. »Pjotr, wirklich. Es tut dir nicht gut. Du hast Medikamente intus.«

»Was sagst du da, Pommer, du alte Schmalspurschlampe? Ich bin kerngesund. Nichts als Gerüchte, die der Froschfresser da verbreitet.«

Pommer wechselte einen Blick mit Mette.

Völlig betrunken, formte sie lautlos mit den Lippen.

Dann wandte sie sich an Libby. »Kaffee! Jetzt!«

Ihre Augen blitzten, ihre Locken ringelten sich. Obwohl ihr warm sein musste, hatte sie den Mantel an. Das Rot biss sich mit Toninos Krawatte.

»Haben Sie nicht gehört? Kaffee! KAFFEE!«

Aber Libby wollte um keinen Preis die Vorgänge hier in der Whiskybar verpassen. »Steht im Ballsaal nicht eine Kaffeemaschine, Tonino?«

Er nickte. »Batteriebetrieben, extra für Stromausfälle. Wir hatten schon einige.«

Während er hinter der Bar hervorkam, setzte sich Libby wieder in ihre Ecke.

»Sie stricken auch bei Mord und Totschlag?«, murmelte Tonino im Vorbeigehen.

»Es ist so, dass sich ein neues Projekt ergeben hat, ein Auftrag außerhalb der Reihe.«

Die Tür knallte hinter Tonino zu, auch die Musik war verstummt. Nur Libbys Nadeln klapperten. Als Pjotr sich setzen wollte, kippte der Barhocker und fiel um. Dabei löste sich ein Bein.

»Wieso sind wir noch mal hier gestrandet, Pommer?« Seine Stimme klang unheilschwanger.

»Wegen der Lawine.«

»Eigentlich sollten wir doch in Zermatt sein. In einem Luxushotel. Dem Zermatterhof.«

Pommer winkte ab. »Das war ganz am Anfang. Edgars Kalkulation hat uns nur das Belvedere erlaubt.«

»Edgar? Wo ist der überhaupt?«

Pommer zuckte die Achseln. »Er musste was regeln.«

»Den lausigen Deal mit dem unbekannten Streaming-dienst?«

Pommer hatte offenbar nicht damit gerechnet, dass Pjotr da Bescheid wusste. »Der … also, das hat sich als Irrtum erwiesen. Aber Mette hat bereits ein neues Angebot, nicht wahr, Mette?«

»Ein Top-Angebot.« Mette zündete an der alten eine neue Zigarette an. »Allerdings an Gwendolins Namen ge-bunden.«

»Ihr lügt doch«, sagte Pjotr. »Wir sind nicht hier gestran-det, dahinter steckt ein Plan.«

Tonino kam bereits zurück, die alte Kaffeemaschine unter den Arm geklemmt. Pjotr zeigte auf ihn. »Sag den Damen doch noch mal, was du mir eben gestanden hast.«

Tonino stellte die Kaffeemaschine auf den Tresen. »Auf ehrliche Fragen gebe ich eine ehrliche Antwort. Die Buchung für die Filmproduktion hat der Hoteldirektor letzten Sommer entgegengenommen.«

»Stimmt das?« Pommer sah zu Mette. »Dass wir hier sind, war … geplant?«

Mette sog ungerührt an ihrer Zigarette. »Sieht so aus.«

Pjotr hob sein Glas und prostete Pommer zu. »Die Kandidatin hat hundert Punkte.«

»Und der Schneesturm? Und die defekte Lok?«

»Das Glück ist mit den Intelligenten.«

»Aber der Touristikpräsident …«

»… ist auch der Hotelbesitzer«, sagte Pjotr. »Er brauchte eine positive Bewertung auf TripAdvisor.«

»Das Beste war die Notbremsung«, sagte Mette und drückte ihre Zigarette aus. »Die war sehr gut organisiert.«

»Warst du das?«

»Leider nein, aber es war genial.« Ihr Lachen klang entspannt.

»Edgar? Er ist doch mit dem Helikopter gekommen.«

»Nein.« Pjotr schüttelte den Kopf. »Das Weichei hat Höhenangst. Er hat die S-Bahn genommen und dann denselben Zug wie ihr. Zweite Klasse.«

»Und da hat er die Notbremse gezogen, dass wir den Anschluss verpassen?«

»Nein«, sagte Mette. »Die Bahn hat die Personenbeschreibung einer Frau mit Hut, die die Bremse gezogen hat und dann verschwunden sein soll.«

»Mit Hut?«, fragte Pommer. »Also war es Gwendolin?«

Jules hob den Kopf. »Gwen war die ganze Zeit bei mir.« Seine Stimme klang dumpf. »Wir waren im letzten Wagen. Zweite Klasse.«

»Es könnte natürlich jemand gewesen sein, der für sie gehalten werden wollte.« Mette nahm eine neue Zigarette aus einem Etui. »Da Pommer sehr glaubwürdig von nichts eine Ahnung hat, etwas, das ich nach einem Jahr Zusammenarbeit bestätigen kann, bleibt nur noch Nele.« Sie ging zur Tür und riss sie auf. »Nele!!!«, brüllte sie, bevor sie Pommer zuraunte: »Es gab einen Zweitschlüssel, ich konnte sie nicht im Zimmer eingesperrt lassen.«

Nele trat ein. Sie hatte sich umgezogen, im Stil einer englischen Gouvernante mit Stiefeletten, ihr Haar war künstlich verwuschelt, ihr Gesicht gepudert.

Mette boxte sie in die Seite. »Gestehe, dass du dich im Zug als Gwen ausgegeben hast.«

»In deinem Auftrag, Mette«, sagte Nele. »In deinem Auftrag.«

Libby war nicht überrascht, sie hatte geahnt, dass hinter Nele mehr steckte als nur eine eifersüchtige, verrückte alte Schachtel.

»Erwischt.« Mette stieß den Rauch aus.

Jules, Pjotr, Pommer … alle blickten zu Mette.

»Du hast das alles eingefädelt?«

»Tut mir leid für die ganze Scharade.« Mettes Lächeln wirkte entwaffnend. Es war, als ob mit dem Geständnis die wahre Person hervorkäme. Eine Nacht der Metamorphosen, erst Pjotr, nun Mette.

»Als ich dieses Hotel entdeckt hatte, wollte ich euch einfach hier haben. Die Location ist grandios.« Sie zeigte um sich. »Paulas Welt. So viel besser als irgendeine Legende von einem Belle-Époque-Kasten auf dem Furkapass oder ein Luxusresort beim Matterhorn.«

Pommer entwich ein Japsen. »Du hast das von A bis Z alles arrangiert?«

Mette nickte. »Ich sah keine andere Lösung. Wie sonst hätte ich euch das schmackhaft machen sollen? Nele hat mir geholfen. Danke, meine Liebe.« Nele nahm den Dank mit einem Lächeln an, und Mette blickte in die Runde. »Verzeiht ihr mir?«

Jules nickte, und auch Pommer streckte ihre Waffen. Sie lachte sogar ein wenig. Ihr blieb nichts anderes übrig. Zu Hause wartete ihr Chef vom Sender, und sie musste Resultate liefern.

Nele bestellte bei Tonino eine neue Runde Whisky zum Feiern, als sie Libby bemerkte. »Ach, Sie sind auch hier? Sie habe ich im Furkatunnel erschreckt.«

Das Geständnis kam unerwartet. »Wieso denn?«

»Sie haben die ganze Zeit so neugierig zu uns rüber gelinst, ich fand, Sie hätten einen Denkzettel verdient.«

Nachdem sie diese verdeckte Warnung losgelassen hatte, nahm Nele ihr Glas und setzte sich zu Mette und Jules. Libby ließ ihre Nadeln sinken. Neles Aussage konnte nicht stimmen, zu dem Zeitpunkt war das Rouleau unten gewesen, Nele, die erst kurz vor Abfahrt zugestiegen war, hatte Libby gar nicht sehen können. Anstatt sich von dem Angriff ins Bockshorn jagen zu lassen, würde Libby noch aufmerksamer die Geschehnisse verfolgen.

✳✳✳

Die Uhr über der Bar zeigte eins. Libby fühlte sich hellwach. Sie hatte das Stricken längst wieder aufgenommen und tat so, als ob sie sich nur auf das Muster konzentrierte; tatsächlich jedoch registrierte sie jede Regung.

Dass Mette als Gewinnerin der Stunde ausführlich gefeiert worden war, bekam Pjotr gar nicht.

»Und wie geht's dem armen Rupert?« Er hatte viel zu laut gesprochen und damit alle Gespräche unterbrochen.

»Was fragst du so blöd, Pjotr.« Nele stand immer noch an den Türrahmen gelehnt.

Er erhob sich vom Barhocker. »Aus dem Weg, Schnaps-drossel!« Er stierte sie an. »Mir reicht es für heute Abend. Ich geh ins Bett.«

»In dein Luxuszimmer?« Ihre Stimme klang höhnisch. »Die Glacier-Suite?«

Pjotr wankte zur Tür. »Ich habe die Einteilung nicht ge-macht. Frag den von Thun. Oder den Hoteldirektor.«

Nele fuhr die Krallen aus. »Die Suite war ursprüng-lich Gwendolins Zimmer, und du hast mit ihr getauscht. Warum?«

»Sie wollte unbedingt das Zimmer mit dem Spiegel, und nun weiß ich wieso. Damit sie über die Hintertreppe zu ihrem Lover runter konnte.« Pjotr spuckte ein Bonbon in Richtung Jules und torkelte weiter. Als er die Tür öffnete, schoss Nele blitzschnell herum und hielt ihn fest.

»Hiergeblieben, du Schmierenkomödiant. Sag einmal in deinem Leben die Wahrheit. Du warst nach dem Dreh nicht im Keller, sondern bei Gwendolin im Zimmer, ihr habt zusammen Zitronensorbet gelöffelt. Und danach hat-tet ihr Streit. Wegen des Babys.«

Pjotr war zusammengezuckt. »Man wird doch wohl rea-gieren dürfen, wenn die Frau ein Kind von einem anderen bekommt.«

Auf diese Aussage folgte eine allumfassende Stille.

»Ich dachte, es ist deins«, sagte Pommer nach einer Weile. Für sie brach gerade eine Welt zusammen. Pjotr hatte ihr vermutlich unter dem Deckmantel der absoluten Vertrau-lichkeit das Blaue vom Himmel heruntergelogen. Sie tat Libby ein wenig leid.

Nele jedoch schien es anzuspornen. »Dumm gelaufen.« Ihre Stimme knallte wie ein Peitschenhieb. »Mein Baby wolltest du nicht.«

Libby wunderte sich nicht, sie hatte so etwas erwartet.

»Dein Baby war dein Problem, Nele.« Auch Pjotrs Stimme war schärfer geworden.

»Du Arschloch! Ich war eine Lückenbüßerin für dich.«

»Ach, Mädel, so war das halt damals. Das waren die Spielregeln.«

Alle Frauen blickten sich an. Keine wollte das auf sich sitzen lassen, nicht mal Pommer.

»Also wirklich!«, sagte sie. »Die Zeiten sind vorbei, Pjotr.«

Das gab Nele noch mehr Auftrieb. »Du hast mit Gwen gestritten, dafür gibt es Zeugen. Danach ist sie gestürzt und hat sich das Genick gebrochen.«

Er versuchte, es wegzuwischen. »Eine Katastrophe. Hätte sie nicht die Schuhe mit diesen wahnsinnig hohen Absätzen getragen …«

»Als sie fiel, war sie barfuß. Danach bist du in ihr Zimmer gegangen und hast die Schuhe geholt. Den einen hast du ihr angezogen, aber den anderen hast du nicht über ihren Fuß gekriegt, darum hast du ihn in die morsche Stufe gerammt.«

Genauso hatte sich das auch Libby zurechtgereimt, das ausgespuckte Bonbon in Gwendolins Zimmer würde es beweisen. Und auch der Verbleib des Wodkas wäre damit erklärt. Den hatte Pjotr getrunken. Als er bei der Entdeckung ihrer Leiche in die Rezeption gekommen war, war er nicht taub gewesen vor Schmerz, sondern bereits ziemlich betrunken.

»Deine Zeit ist vorbei, Pjotr Voss!« Nele hatte beide Hände erhoben und erreichte stimmlich die Obertöne. »Du bist ein alter, kranker, verschuldeter Mann. Und kein Mensch hat Mitleid mit dir.«

Geistig hörte Libby den Applaus von Massen, in Wirklichkeit hörte man nur das Prasseln des Feuers.

Eine zweite Tür im Hintergrund ging auf, und herein kam Edgar von Thun. Er klapperte mit den Zähnen und war völlig durchfroren. »Da oben auf dem Berg ist auch kein Empfang. Dafür ist mir ein Monster begegnet. Ein bellendes Monster. Ich glaube, Ruperts Köter ist abgehauen.«

21

Ruhe war eingekehrt. Mette hatte angeordnet, dass Pjotr bis zur Ankunft der Polizei eingeschlossen würde. Als er sich wehrte, hatte ihm Jules den lange zurückgehaltenen Faustschlag versetzt. Den Schlüssel zu seinem Zimmer verwahrte Mette.

Sie, Pommer und Nele hatten noch eine Weile an der Bar gesessen, bis sie sich schließlich in ihre Zimmer zurückgezogen hatten. Frauenpower, hatte Libby gedacht.

Irgendwo schlug eine Uhr zwei. Auch Tonino hatte sich hingelegt, nachdem er den Taschenbuchatlas aus dem Keller geholt und die Küche aufgeräumt hatte. Er wollte früh aufstehen, um alles für die Abreise vorzubereiten.

Libby saß am Tisch und strickte. Aber es beruhigte sie nicht, wie üblich. Die nassen Moonboots, die sie bei ihrer Rückkehr vorgefunden hatte, gingen ihr nicht mehr aus dem Kopf. So wenig wie die Kinder. Sie in die stürmische Nacht ziehen zu lassen, hatte sich wie eine richtige Entscheidung angefühlt, aber nun zweifelte sie. Sie sah vor sich, wie die beiden im Wald verschwanden und von einer Lawine, einer Felsspalte oder einem tätlichen Angriff – zum Beispiel vom Thunfisch – dahingerafft wurden. Er hatte zwar erzählt, er sei dem Hund entkommen, aber er wäre nicht der Erste gewesen, der gelogen hatte. Alle hatten gelogen, auch Tonino. Einen kurzen Moment lang war

Libby versucht, nach den Kindern zu suchen. Beim Gedanken an die Schneemenge, durch die sie sich zu kämpfen hätte, knackste ihre Hüfte.

Sie zwang sich zur Konzentration, es fehlte nicht mehr viel bis zur Fertigstellung. Immer zwei und zwei Maschen. Die Zeit lief langsam und schnell zugleich, sie war bereits so weit, den Arbeitsfaden zu vernähen, was ihr ganzes Fingerspitzengefühl brauchte. Und dann war das luftige Gebilde fertig.

Libby stand auf und ging durch den Salon und das Fumoir bis in den Flur. Mondlicht schien durch die großen Fenster. Sie sah die verwischten Konturen der Wolken und das Nachtblau des weiten Himmels. Sogar ein Stern funkelte. Libby schauderte und zog ihr Cape um sich. Dann betrat sie die Rezeption. »Für euch beide«, sagte sie zu Gwendolin und legte das Erstlingssöckchen auf den Mantel, an die Stelle, wo ihre Hände sein mussten. Noch nie hatte Libby etwas für ein Kind gestrickt, es war ein eigenartiges Gefühl.

»Merci«, sagte eine Stimme, und Libby schreckte zusammen. Es war Jules, er hielt Wache. »Gehen Sie ins Bett, Jules. Ich übernehme für Sie.«

Er schwankte vor Erschöpfung und verschwand.

Libby trat zur Fotowand. Das Bild mit den Menschen in der Bar fand sie auf Anhieb. Sie nahm es vom Haken und ging damit zum Sessel. Nachdem sie sich gesetzt hatte, legte sie es vor sich auf den kleinen Tisch und studierte es ganz genau. Damals, vor dreißig Jahren, hatte am Vorabend des Unfalls der übliche Whiskymontag in der Bar stattgefunden. Obwohl die Gäste dicht an dicht standen, erkannte sie in einem von ihnen Pjotr Voss. Der Vergleich mit dem alten Autogrammfoto fiel positiv aus. Die junge Frau neben ihm war Rosamaria Montillo, die Vermisste

vom Sessellift. Dies verifizierte Libby anhand des Porträt-
fotos im herausgerissenen Zeitungsartikel. Rosamaria und
Pjotr standen dicht beieinander, er stützte sich auf sie,
schon vor dem Schlaganfall eine Angewohnheit, wie es
aussah. Er hatte sie gekannt. Bloß, wo war die Verbindung
zu heute? Es musste eine geben. Solche Dinge hatten immer eine Verbindung.

Libby überlegte. Kam auf eine Lösung. Verwarf den Gedanken, nur um noch mal darauf zurückzukommen. Doch,
so könnte es sein. Es würde bedeuten, dass die Nacht noch
lange nicht vorbei war. Irgendwo schlug schon wieder
eine Uhr. Nicht die Standuhr, da stand der große Zeiger
unbeweglich auf kurz nach Mitternacht. Mittlerweile war
Libby unsicher, ob die schlagende Uhr überhaupt exis-
tierte. Vielleicht tickte sie nur in ihrem Kopf. So spät in
der Nacht, und mit Wodka, Wein und Whisky im Blut,
akzeptierte Libby, dass die Grenze zwischen Wahrheit
und Fiktion verschwamm. Sie setzte sich aufrecht hin und
wartete.

***

»Frau Andersch?«

Libby erwachte aus ihrem Sekundenschlaf. Ein süßer
Frühlingsduft erfüllte den Raum. Im Türrahmen stand
Mette, zwei Gläser in der Hand.

»Ich wollte Sie nicht erschrecken.« Sie kam näher und
stellte ein Glas vor Libby auf den kleinen Beistelltisch.
»Santé!« Sie nippte schweigend. »Wollen Sie nicht?«

»Danke, ich hatte schon.«

»Die zwei Fingerbreit …«

»Sie haben es sich gemerkt?«

»Ich merke mir alles«, meinte sie und nippte erneut.

»Ich rieche Maiglöckchen«, sagte Libby.

»Mein Parfüm.«

»Ich dachte, es sei Gwendolins.«

Mettes Blick irrlichterte zur Leiche. »Ich habe es mir von ihr ausgeliehen. Wir sind – waren – ein Team. Mein wird schnell zu dein.«

So hatte Libby das auch kennengelernt, in den wenigen Stunden. Was sie als übergriffig empfand, war bei den Filmleuten gang und gäbe.

»Vor einigen Stunden ist mir jemand im Flur begegnet. Eine Frau, sie hat mich Elisabeth genannt und eine Warnung ausgesprochen. Waren Sie das?«

Mettes Schweigen war Antwort genug.

»Sollen wir Kerzen anzünden?«, fragte Libby.

»Ich mag es düster«, sagte Mette.

»Das habe ich mir schon gedacht. Wenn es zu hell ist, schrauben Sie alte Sicherungen heraus, nicht wahr?«

»Ich kann auch 4G-Netze lahmlegen.« Mit einem Achselzucken gab Mette alles zu. »Das Störsender-Laptop steht übrigens unterm Dach. Da hat Ihr kleiner Enkel versagt.«

Dass sie Noah ins Spiel brachte, jagte Libby einen Schauder über den Rücken. »Er ist nicht mein Enkel. Und nach dem Störenfried gesucht hat Moana.«

»Sie ist ein aufgewecktes Mädchen. Sie erinnert mich an mich in dem Alter.«

»Mette, hören Sie auf! Wo sind die Kinder? Draußen?«

Mette blickte erstaunt auf. »Wieso wissen Sie das? Dass sie draußen sind, meine ich.«

»Ihre Schuhe.«

Mette besah sich ihre Halbschuhe.

»Ich meine die nassen Moonboots in der Küche. Die können nur von Ihnen gewesen sein. Und ich hatte eben noch die Gelegenheit, kurz mit Jules zu sprechen. Er sagte, dass er längere Zeit allein in der Bar gesessen hat. Sie waren weg.«

Mette holte eine ihrer Zigaretten hervor. »Sie sind ziemlich scharfsinnig.« Sie zündete sie mit einem Streichholz an und nahm einen tiefen Zug.

»Mette? Die Kinder!«

»Moana sitzt auf einem Sessel des Liftes, in der Nähe des Hotels.«

Das durfte nicht wahr sein. Sie waren keine hundert Meter weit gekommen. Himmelherrgott noch mal, sie hatte ihr doch eingeschärft, dass sie aufpassen sollten.

»Ziemlich unbedarft, ehrlich gesagt«, fuhr Mette fort. »Als ich mich als verdeckt ermittelnde Kommissarin ausgab, hat sie mir alles ausgehändigt.«

Aus einer Umhängetasche zog Mette die beiden Kaffeelöffel und den Schal. So in die Haushaltsfolie verpackt, wirkten sie armselig, Amateur-Detektiv-Beweise. Dass die Feder nicht dabei war, irritierte Libby.

»Der Schal lag ursprünglich bei Gwendolin. Ich habe ein Foto gemacht.« Mette holte ihr Handy heraus und hielt es in die Luft, sodass Libby schemenhaft Gwendolins Körper erkennen konnte. »Das gilt als Manipulation von Beweismitteln. Das könnte ich der Polizei stecken, ist Ihnen das klar?«

Libby nickte. »Meine Methoden waren unorthodox, aber die Situationen verlangten rasches Handeln. Und wo ist Noah?« Sie hatte ihrer Stimme einen festen Klang gegeben. Sie musste diesen Buben heil wieder seiner Mutter übergeben. Punkt.

»Noah wer? Abgehauen, der Bengel.«

Also hatte sich Noah in Sicherheit gebracht, irrte aber nun allein im Wald umher. Er hat Senfkorn dabei, beruhigte sich Libby.

»Egal, die Natur wird es richten. Kommen wir zur eigentlichen Geschichte.«

Mette steckte das Handy wieder ein, ging zur Fotowand und nahm ein Bild vom Nagel. Damit kam sie zurück, deckte einen weiteren Sessel ab und setzte sich. Das Foto reihte sie neben die anderen auf dem Tisch. Von außen würde es aussehen wie zwei Damen, die sich eine Bildergeschichte anschauten.

»Das ist der alte Sessellift, sehen Sie? Er fährt hinauf zum Hungerberg. Und von da kann man zu einer Felsspalte hochsteigen, wo man bis zum Matterhorn sehen kann. Zweimal im Jahr, sagen die Hiesigen. Ich halte es für eine Touristenmär, aber meine Mutter hat es geglaubt. Es gehörte zu ihren Kindheitserinnerungen. Die waren so prägend, dass sie meinen Vater überredet hat, die Flitterwochen hier zu verbringen. In Zimmer 14, vormals 13, bin ich gezeugt worden. Auch das halte ich übrigens für eine Mär.«

»Ihr Kleid hängt immer noch im Schrank.«

»Es war teuer. Sie war eitel. Sie wollte von allem mehr, Kleider, Männer.«

»Sie hatte Affären?«

»Eine Affäre, eine einzige, meines Wissens. Mit Pjotr Voss. Von dem war sie besessen. Bei uns auf dem Dachboden gibt es einen ganzen Karton mit Alben voller Zeitungsberichte, Fotos und Autogrammkarten. Die gleichen, die er heut noch verteilt, ich denke, es war eine Millionenauflage.«

»Es ist fast fünfundzwanzig Jahre her, er war berühmt, sie war eine junge Mutter mit Kind. Wie hat sie ihn kennengelernt?«

Mette nahm einen Zug und stieß den Rauch langsam aus. »Eine schwere Geburt, mein Vater viel weg, sie hatte eine Wochenbettdepression – die übliche Geschichte.«

Wieder nahm sie einen Zug.

»Es tut mir leid«, murmelte Libby, und sie meinte es so.

»Also war Pjotr Voss Ablenkung?«

Mette ließ den Rauch durch die Nasenlöcher strömen. »Sie ging einfach so oft wie möglich ins Kino oder ins Theater. Das Einzige, was ihr Linderung verschaffte, war der Zuschauerraum. Nur da fühlte sie sich gut. Irgendwann war ihre Leidenschaft für Pjotr Voss entfacht, aus einer Schwärmerei wurde Besessenheit. Wie sie es geschafft hat, ihn für sich zu interessieren und ihn hier im Grand Hotel Matterhorn zu treffen? Keine Ahnung. Ich war nicht dabei. Ich war ein Kleinkind. Aber ich denke, sie war smart. Sie hat ihm aufgelauert, bei Premieren, an Bühneneingängen. Und dann … ein paar Drinks, ein paar Komplimente, und schon ist es passiert. Für sie war es die Welt, für ihn eine Affäre.«

Libby überlegt. »Aber wieso sollte Pjotr Voss an diesen abgelegenen Ort hier fahren, um einer namenlosen Affäre willen? Und das wenige Tage vor seiner Verlobung mit Gwendolin?« Diese Datumsübereinstimmung hatte Libby festgestellt, als sie alle ihre Informationen gesammelt hatte.

Mette machte ihre Zigarette aus. »Ich denke, dass sie genau wie Gwendolin«, sie wies auf die Tote, »schwanger war.«

»Sie war schwanger?«

»Oder sie hat es vorgegeben. Wie sonst konnte man Männer wie Pjotr drankriegen? Es waren die Neunziger. Sie hat ihn hier getroffen, weil ihn hier niemand kennen würde.«

Libby fand die Argumentation plausibel. »Aber irgendetwas lief schief.«

Mette nickte. »Ich denke, meine Mutter hat Pjotr gedroht, Gwendolin damit zu konfrontieren. Sie war dramen-erprobt. Ein weiterer Nebeneffekt der Filme, die sie inhaliert hat, sie kannte die ganzen Tricks und Kniffe.«

»Eine Erpressung also.«

»Was blieb Pjotr da übrig? Er hat sie umgebracht und so getan, als wäre sie im Sessellift gefahren.«

»Sie denken, dass er sich für sie ausgegeben hat und mit dem Sessellift nach oben gefahren ist.«

»Damit hat er ein ganzes Polizeikorps getäuscht. Genau.«

»So wie Sie sich im Zug für Gwendolin ausgegeben haben? Sie und nicht Nele.«

»Die ist doch viel zu klein. Es brauchte nur einen Hut, einen Mantel und etwas Parfüm.«

»Und Pjotrs Schal.« Libby kassierte einen irritierten Blick. Und dennoch fuhr sie fort. »Die Sandalen Ihrer Frau Mutter passen nicht ins Bild. Pjotr könnte nicht ihre Sandalen getragen haben.«

»Wer sagt, dass es Sandalen waren?«

»Sie sollten mit Tonino sprechen. Er war damals dabei.«

»Hab ich längst. Er lügt.«

Mettes Konstrukt zeigte Risse, und das machte sie nervös.

»Warum der ganze Aufwand, Mette? Haben Sie Gwendolin getötet, um Pjotr die Stütze zu nehmen? Und die Beweise so arrangiert, dass er ins Gefängnis muss? Aus Rache?«

Sie zündete sich wieder eine Zigarette an. »Pjotr weiß, wo er sie verscharrt hat.«

Libby schwieg. Ihre Gedanken kreisten.

»Er muss es mir zeigen.« Mette beugte sich vor und wies auf das Whiskybar-Bild. »Sie haben ihn doch auch erkannt, sonst hätten Sie das Foto nicht ausgesucht.«

Libby nickte. »Es ist der Mann mit dem flachsblonden Haar …«

»Ich finde, er ist geschrumpft.«

»Und das daneben …«

»Ist meine Mutter, von hinten. Unverkennbar.«

Libby war es ein Rätsel. Wenn die Polizei sie identifiziert hatte, müsste jemand auch Pjotr erkannt haben, er war ein Star gewesen.

Mette griff zum Bild mit dem Sessellift. »Der Mann auf der Seite, von dem man nur das Profil sieht, ist übrigens mein Papa.«

»Und das andere sind Sie, nicht wahr?«

»Ein Kind.« Mette streichelte übers Glas und fuhr den Konturen des Schattens nach. »Ich würde die kleine Mette am liebsten in den Arm nehmen und mich bei ihr entschuldigen für all den Schmerz, den sie erleiden musste.« Sie war so auf das Foto konzentriert, dass Libby die Gelegenheit für gekommen hielt, das Weite zu suchen. Vorsichtig stand sie auf und ging auf Zehenspitzen bis zur Tür.

»Halt.« Eine Stimme wie ein messerscharfer Peitschenhieb. »Wenn Sie wollen, dass Moana überlebt, sollten Sie hierbleiben.«

Genau das, was Libby befürchtet hatte, sie spielte das Mädchen gegen sie aus. Libby ging zurück. Als sie sich wieder hinsetzte, knackte ihre Hüfte.

»Hören Sie, Mette, ich weiß, dass Sie auf der Toilette im Zug nach Göschenen am Telefon Edgar von Thun die letzte Szene diktiert haben. Damit wollten Sie etwas Unruhe in die Truppe bringen. Ich vermute, dass Sie sich dabei an der Spitzfeder geschnitten haben, und zwar ziemlich übel. Im Waschbecken gab es Blutschlieren und einige Tropfen. Weil die Durchsage zum Umsteigen kam, sind

Sie nicht mehr dazu gekommen, alles sauber zu machen.« Libby starrte auf die Pulswärmer.

Langsam zog Mette einen davon aus, den linken. Darunter kam ein blutverschmierter Verband zum Vorschein. »Das haben Sie herausgefunden? Ich ziehe den Hut vor Ihnen. Es war fast genauso. Nur kam kein Wasser mehr, sonst hätte ich natürlich alles aufgewischt. Reines Pech.« Aus der Umhängetasche holte sie die Spitzfeder heraus. »Es war der einzige Gegenstand, den die Polizei damals bei den Ermittlungen gefunden hat. Die blutverkrustete Spitzfeder, mit der meine Mutter ihre Briefe zu schreiben pflegte. Romantisch, hä? Die Polizei ging davon aus, dass sie sich selbst damit verletzt hat. Ihr Blut war drauf und weitere, nicht identifizierbare Spuren. Es war alles, was uns diese Spitzenermittler nach drei Wochen mitteilen konnten.«

Libby ließ die Feder nicht aus den Augen. »Bei einer polizeilichen Untersuchung können immer Fehler passieren.«

»Danach haben sie ganz aufgehört. Sie liege in einer Spalte, wir wissen nicht wo, das war's und auf Nimmerwiedersehen. Aber Papa und ich sind wiedergekommen, unser ganzes Geld ging dafür drauf. Papa hat eine private Suchtruppe aufgestellt. Vier Jahre lang haben sie alles absucht, jede Spalte, jede Schrunde, sogar den See weiter oben. Vergeblich.«

Sie hatte sich in Rage geredet, alles Kühle war von ihr abgefallen.

»Es muss sehr schwer gewesen sein für Sie.«

»Ich war ein Kind und hatte meine Mama verloren, von einem Tag auf den andern.«

»Wussten Sie Bescheid, über Pjotr?«

»Als ich erwachsen war, hat Papa mir alles erzählt. Zusammen haben wir den Untersuchungsbericht gelesen, Wort für Wort. Die Polizei kam zu dem Schluss, dass Mama abhauen wollte und dabei umgekommen ist.«

»Es würde bedeuten, dass Ihre Mutter Sie, ein Kind, willentlich zurückgelassen hat.«

Mette schüttelte den Kopf. »Hat sie nicht. Hier ist etwas passiert. Genau wie jetzt auch wieder.« Ihr Blick ging zu Gwendolins Leiche. »Das tut mir wirklich leid.«

Gwendolins Tod war nicht vorgesehen gewesen, dachte Libby. Wer immer sie gestoßen hatte, er hatte in Mettes Drehbuch herumgepfuscht.

»Wann haben Sie denn den Plan gefasst, Pjotr zu überführen?«

»Als mein Vater starb und ich im Dachboden nebst Mutters Schwarmsammlung tonnenweise Unterlagen, Untersuchungsberichte und Ähnliches gefunden habe. Auch im Keller und in einem externen Büroraum.«

»Es war nicht fair von ihm, Ihnen alles zu überlassen.«

»Mein Vater war der Betrogene. Er durfte überreagieren.« Mette stand auf und begann, hin und her zu gehen, dabei hielt sie die Feder wie eine Zigarette. »Es hat Monate gebraucht, bis mir endlich eine Idee kam, wie ich Pjotr Voss mit seinen eigenen Waffen schlagen könnte.«

»Und dafür haben Sie eine Filmproduktion gestemmt? Wie sind Sie denn zu SCHEINFILM gekommen?«

Das war es, was Libby fast am meisten interessierte. Wie konnte eine junge, unbedarfte Frau in diesen Zirkus hineinkommen, ohne irgendetwas vorzuweisen und Profis wie Pommer oder Edgar von Thun täuschen?

»Es war erschreckend einfach. Ein wenig den Lebenslauf fälschen, auf den Berufsportalen Informationen streuen, und schon war ich eine erfolgreiche Filmproduzentin.«

»Aber was haben Sie sich davon erhofft? Dass Pjotr Voss hier hereinkommt, zusammenbricht und alles zugibt?«

»Bin ich naiv? Dahinter steckt natürlich ein mehrstufiger Plan. Nele war meine Helferin, ohne dass sie es gemerkt hat. Alles lag nicht in meiner Hand, aber das Risiko habe ich in Kauf genommen.«

»Es wäre also möglich gewesen, dass sich Pjotr Voss geweigert hätte, im Wallis zu drehen.«

»Hat er aber nicht. Er musste das Angebot annehmen, da er seit Jahren keines mehr hatte. Bei der Ankunft gestern war er zwar schockiert, hat es aber überspielt.«

»Und warum haben Sie ihm die Spitzfeder in die Tasche gesteckt?«

Mette blieb stehen, ihr Blick wurde ausdruckslos. »Woher wissen Sie das?«

Libby vermied eine Antwort. »Sie wollten ihn damit verwirren.«

»Ich wollte ihn aus der Bahn schmeißen. Nur wenn er überrascht wird, ist er ehrlich, ich kenne ihn mittlerweile.«

Libby verstand immer besser, es war kein Rachefeldzug, sondern ein ausgefeilter und zugleich äußerst hilfloser Versuch, die Wahrheit über ihre Mutter herauszufinden.

»War Ihnen bewusst, dass er und Gwendolin die Zimmer getauscht haben?«

Mette schnitt eine Grimasse. »Ich habe es zu spät gemerkt, und als ich nach der Spitzfeder suchte, war sie weg.« Sie fixierte Libby. »Sie waren das.«

»Tut mir leid.«

»Es spielte ohnehin keine Rolle mehr, Pjotr war schon misstrauisch geworden. Er hat Gwendolin eine Szene gemacht, weil sie sich die ganze Zeit mit Jules unterhielt.«

»Er war eifersüchtig?«

»Und wie! Ihm brach nicht nur die Frau, sondern auch

die Broterwerberin und Pflegerin weg. So fing der Streit der beiden an, dabei hat er erfahren, dass sie schwanger war. Mit fast fünfundvierzig! Er hat getobt.« Mettes Stimme war rau geworden.

»Und wie ist sie gestorben?«

Sie verzog das Gesicht. »Sie haben sich gestritten, dann ist sie gestürzt, und er, dieser Feigling, ist einfach weggelaufen.«

Libby glaubte ihr. »Danach haben Sie ihr die Schuhe angezogen, so wie Nele das beschrieben hat. Warum?«

»Nur er könnte so etwas tun. Ich sagte mir, was auch immer passiert, so kriegen sie ihn auf jeden Fall dran.«

»Und wer außer Ihnen weiß davon?«

»Von den Schuhen? Nele und Rupert.«

»Also war Neles Auftritt im Foyer …«

»… etwas übertrieben. In dem sie Rupert beschuldigte, haben die anderen für ihn Stellung bezogen.«

»Und wissen die beiden auch Bescheid wegen Ihrer Mutter?«

»In der Sache bin ich allein.« Sie ging zur Tür. »Bis auf Sie, Frau Andersch.«

Libby hatte es befürchtet.

»Als Sie vor der Zugtoilette herumlungerten, dachte ich erst, dass Pjotr Sie engagiert hat.«

Also hatte sie Libby gesehen. »Und nicht Edgar von Thun oder Pommer?«

»Die beiden Nieten? Nicht im Ernst. Wieso sind Sie denn nun hier, Libby?«

»Ich muss Noah beaufsichtigen. Seine Mutter ist bei der Notbremsung schlimm gefallen.«

»Diese Mütter.« Mette winkte ihr zu. »Es ist Zeit.«

22

Pjotr betrat die Terrasse. Genau wie Mette und Libby trug er Moonboots. »Was soll das?«

Aber Mette trieb ihn mit der Stahlfeder vorwärts. Er ließ es geschehen, er stand unter Schock. Sie hatte kein Wort gesprochen, seit sie Pjotr aus dem Bett geholt hatte. Der Weg durch den Schnee war beschwerlich. Libby, eingemummelt in ihr Cape, war nicht die Einzige, die zu kämpfen hatte. Pjotr strauchelte wegen jeder Kleinigkeit, er wirkte zunehmend verunsichert. Sie überquerten den Platz und gelangten auf die Zufahrtsstraße. Unter anderen Umständen hätte Libby den Spaziergang genossen. Die Luft war kalt und trocken, am Himmel funkelten Sterne, die Silhouetten der Bäume waren weiß, das Licht mit bläulichem Glanz. Es war ganz still, kein Käuzchen, keine Geräusche, bis auf das Knirschen ihrer Schritte. Sie gingen die Straße entlang bis zu einer Kurve, da bogen sie ab in den Wald. Jedes Mal, wenn Pjotr protestierte, stieß ihm Mette die Stahlfeder in den Rücken. Sie erreichten die Talstation des Sessellifts. Die kleine Holzhütte, die Tannen, der Berghang, der sich steil nach oben zog – es sah immer noch genau so aus wie auf den Fotos.

Ein Förderseil hing am Gestänge, daran festgeklemmt waren zwei Sessel, einer links kurz vor der Ankunft, einer rechts, bereit zur Abfahrt.

»Frau Andersch«, ertönte eine ängstliche Stimme.

Es war Moana. Sie saß gefesselt auf dem Abfahrtssessel, der Sitz neben ihr war leer. Als Mette Pjotr bat, da Platz zu nehmen, war er zu erschöpft, sich zu wehren. Sie band ihn fest.

»Moana hat übrigens dein Autogramm in den Schnee geschmissen. Deiner Tochter ihren Namen zu geben, fand ich keine gute Idee.«

Also hatte Mette, die sich nun neben den Sesselliftmast stellte, auch das beobachtet.

»Hier ist der Startknopf. Wenn ich drücke, geht die Anlage los. Tonino hat sie extra präpariert, für den Film.«

Zur Demonstration hob sie die Hand. Ein Sirren, ein Brummen und schon lief der Motor an, der Sessel bewegte sich ruckartig. Als Mette wieder stoppte, hingen Pjotr und Moana bereits etwas drei Meter von der Anlage entfernt in der Luft.

»Was willst du, Mette?«

»Eine Gute-Nacht-Geschichte. Für ein kleines Mädchen, das jahrelang abends nach seiner Mutter gefragt hat. Ein Mädchen, das Antworten will. Dann erzähl mal, wie das damals war. Am 14. Juni vor fünfundzwanzig Jahren, als du schon einmal im Grand Hotel Matterhorn abgestiegen bist.«

»Abgestiegen ist übertrieben, ich war einen Abend hier.«

Als er nicht weitersprach, ließ Mette den Lift erneut anlaufen.

»Halt, hör auf.« Panik klang durch Pjotrs Stimme. Nun waren es bereits fünf Meter.

»Rosamaria hat mich am Bahnhof abgeholt. Sie hat das Treffen hier oben vorgeschlagen, und schon beim Rauffahren wurde mir klar, dass ich einen Fehler gemacht hatte. Um die Affäre zu beenden, war dies nicht der passende

Ort. Ich hätte mir eine Bar in einer belebten Stadt aussuchen sollen und nicht dieses verdammte Kaff am Ende der Welt.«

»Wieso bist du gekommen?«

»Ich war naiv, okay. Und gestresst. Am Wochenende war die Verlobung mit Gwendolin in Paris geplant. Ich wollte hier reinen Tisch machen.«

»Du stellst dich viel zu positiv dar. Du wolltest dir noch einen Kick holen, bevor es ernst wurde.«

»Nein, ich schwöre. Ich habe ihr sogar eine Uhr geschenkt, eine wunderschöne, feine Uhr, die genau an ihr Handgelenk passte. Rosamaria war mir wichtig.«

»Aber nicht wichtig genug. Sonst hättest du dich nie mit ihr eingelassen. Sie hatte ein Kind, mich.«

»Das hat sie mir verschwiegen, erst hier oben ist sie damit rausgerückt. Sie wollte deinen Vater verlassen.«

»Langweilig. Ich hatte gehofft, was Neues zu erfahren, und nun redest du denselben Müll wie die Polizei.«

»Sie wollte mich heiraten. Was konnte ich tun? Ich wollte doch keine Familie zerstören …«

»Hast du aber.«

Mette drückte wieder den Knopf. »Wo ist meine Mutter, Pjotr?«

»Ich weiß es nicht.«

Acht Meter.

»Ich weiß es wirklich nicht.«

Nun schrie Moana auf. »Sie haben mir versprochen, dass ich nicht im Dunkeln auf den Berg raufmuss.«

»Wenn Pjotr die Wahrheit sagt. Wo ist meine Mutter? Hier irgendwo verscharrt?«

Libby wurde klar, was Mettes größte Angst war. Dass ihre Mutter irgendwo auf der Welt ein neues Leben begonnen und sie einfach vergessen hatte.

»Ich bin in ihren Sachen hochgefahren.« Pjotr stammelte. »Die Leute sollten denken, dass sie da oben war.«

»Und wo war sie?«

»Ich weiß es nicht. Wir hatten unser Gespräch da vorne im Gartenlabyrinth. Was denkst du, wie ich mich gestern erschrocken habe.«

»Du bist so ein Dummkopf!« Mettes Lachen klang ziemlich verrückt. »Dass du es nicht davor gemerkt hast, meine ich. Ein Dreh im Wallis ... Es hätte dich misstrauisch machen müssen.«

»Ich kümmere mich nicht um solche Sachen. Das macht Gwendolin.«

Ihr Tod war noch nicht bei ihm angekommen.

»Und nach dem Gespräch mit meiner Mutter? Was ist da passiert?«

»Sie ist davongelaufen, in den Wald hinein. Ich habe sie bis in die Nacht hinein gesucht. Sie war weg.«

»Was?« Mette wurde wütend, Libby konnte es spüren. »Du erzählst schon wieder das Gleiche wie die Polizei. Habt ihr euch abgesprochen?«

»Natürlich erzähle ich das Gleiche, weil es so war.«

»Und wieso dann dieser Scheißauftritt auf dem Sessellift?«

»Ich brauchte ein Alibi, ich wollte nicht in die Geschichte verwickelt werden. Darum bin ich in ihren Sachen hochgefahren, zur Tarnung hatte ich einen Regenmantel dabei. Bei dem kurzen Halt am Mittelmast bin ich ausgestiegen und runtergeklettert. Fast wäre ich gestürzt, es war ziemlich gefährlich. Noch im Wald habe ich mich umgezogen und bin direkt zum Bahnhof, wo ich mein Auto geparkt hatte.«

»Du lügst, du weißt, wo sie ist.«

»Nein.«

Mette drückte erneut auf den Knopf, und diesmal stoppte sie den Lift nicht mehr.

»Frau Andersch, helfen Sie mir!« Moanas Stimme klang sehr verzweifelt. Libby hatte keine Ahnung, was auf dem Gipfel sein würde. Aber es war Nacht, und es war kalt, und es war gefährlich.

Todesmutig ging sie auf Mette zu. »Mette, bitte. Das lässt sich alles verifizieren. Und wenn Pjotr nicht die Wahrheit sagt, wird es herauskommen.«

Der Sessel war nun mehr als fünfzig Meter entfernt, gleich begann ein Steilhang.

»Er entwischt immer.« Sie schrie jetzt. »Diesmal muss er bezahlen.«

»Was meinst du mit bezahlen, Mette?«, brüllte Pjotr zurück.

»Was denkst du, das ich meine?«

»Es gab eine Spalte, etwas weiter oben, die Rotondospalte. Ich dachte, dass sie da hinuntergestürzt ist.«

»Und wieso hast du es nicht gemeldet? Vielleicht hätte man sie retten können.«

In dem Moment hörte Libby ein Bellen. Senfkorn kam angerannt und sprang an Mette hoch, gefolgt von einem kleinen Mann mit Gewehr, der sich als Noah herausstellte.

»Hände hoch!«, schrie er Mette an. In der anderen Hand hielt er das zugeklappte Schweizer Taschenmesser und fuchtelte damit herum. Es sah irrwitzig aus und irritierte Mette so, dass sie für einen Augenblick nicht aufmerksam war. Libby nutzte die Gelegenheit, hob ihre Handtasche und haute sie Mette voll auf den Rücken, dankbar für das Gewicht des Schweizer Taschenbuchatlas. Mette stolperte, Libby drückte den Knopf, und der Lift kam zum Stillstand. Und von ganz weit entfernt war ein Rattern zu hören, das sich schnell näherte.

»Moana, ich komme!«

Es war Luzius, der in einer Pistenraupe den Hügel hoch-fuhr.

Libby trat zu Mette. »Lassen Sie es gut sein, mein Kind. Sie haben alles getan. Sie können Ihre Mutter loslassen. Ich denke, das hätte sie sich gewünscht.« Sie legte Mette einen Arm um die Schulter.

»Geile Mystery-Challenge«, sagte Noah. »Wie in echt.«

23

Libby schlüpfte in die Moonboots, packte ihre Handtasche und trat hinaus. Vögel zwitscherten, irgendwo tropfte es, und der Schnee glitzerte. Wie eine Schneise war ein Weg in die Einfahrt gepflügt worden, links und rechts türmten sich hüfthohe Mauern. Der Schnee war auch auf den Leuchtbuchstaben hängen geblieben und machte sie lesbar: Das Grand Hotel Matterhorn präsentierte sich in weiß verschneiter Schnürchenschrift.

»Adiö, Frau Andersch.«

Luzius und Moana winkten vom Waldrand her. Sie hatten Skier umgeschnallt und wollten zusammen ins Tal fahren. Er hatte nicht schlafen können, als er nichts von Moana hörte, bis er irgendwann einfach den Ratrac seines Vaters geholt hatte, um sie abzuholen. Wie versprochen hatte Libby beide Eltern angerufen und die Umstände erklärt. Nicht ganz wahrheitsgetreu, aber fast.

»Ihre Kinder sind Helden.« Wer hörte diesen Satz nicht gern! Den Walliser Metzger und die muslimische Professorin stimmte er auf jeden Fall milde. Die Anrufe waren vom Festnetztelefon im Fumoir aus erfolgt, dessen Kabel Luzius mit dem mitgebrachten Werkzeug beeindruckend schnell geflickt hatte.

»Vielen Dank für alles.«

Sie sahen sich an und stoben davon.

»Pommer, du alte Schabracke. After you!« Edgar von Thun war unbemerkt aus dem Hotel gekommen und stieg in den geparkten Bus von Willi Favre.

»Du kannst mich mal, Edgar.« Pommer stapfte an ihm vorbei. »Ich gehe zu Fuß. Den Kopf auslüften. Pläne schmieden. Ohne dich.«

Das hörte Libby gern. Sie hoffte für Pommer, dass ihr TV-Sender den Thunfisch als Geschäftspartner entlassen würde. Nicht, dass es ihm groß schaden würde: Er würde es abnicken und weiterschwimmen, zum nächsten Geschäft.

»Hey, warte, Pommer, ich komme mit dir.« Jules hatte die Kameratasche umgehängt, das restliche Gepäck aber zurückgelassen. Tonino würde es ihm nachschicken. »Ich muss mich bewegen, sonst weine ich ununterbrochen.« Jules war traurig, nicht mehr und nicht weniger. Vielleicht wäre es in dieser wunderbaren Natur leichter zu ertragen. Sie hoffte es für ihn.

Das Schlusslicht bildeten Rupert, Nele und Senfkorn. Am frühen Morgen hatten sie mit Libby zusammen zugeschaut, wie die Leiche Gwendolins abtransportiert wurde. Genau wie Libby hatten sie erste polizeiliche Befragungen hinter sich, weitere würden folgen. Dank der Intervention von Kommissar Meier aus Zürich, der – beunruhigt durch Libbys Anruf – nicht nur die Walliser Kollegen instruiert, sondern bereits ziemlich viel Hintergrundmaterial geliefert hatte, durften sie alle gehen.

Rupert hängte sich bei Nele ein. Sie lächelte ihm zu. »Wir zwei planen die Beerdigung, Pjotr wird es ja nicht mehr tun. Es wird bittersüß.«

»Ach, Nele.« Gwendolins Tod hatte auch Rupert schwer getroffen. Er würde daran zu nagen haben, abgesehen davon hatte er einen Kater. Während Senfkorn den Schnee anbellte, gingen sie weiter. Von hinten sahen sie aus wie ein altes Ehepaar auf dem Weg zur diamantenen Hochzeit. Sie stiegen zu Edgar von Thun in den Bus.

Ein Schneeball traf Libby an der Schulter. Sie zog ihre Handschuhe an. Dann bückte sie sich, formte eine Kugel und warf sie in einen zugeschneiten Lorbeerbusch.

»Autsch!« Noahs Gesicht tauchte auf. »Sie können gut zielen, Frau Andersch.«

»Komm mal her. Also erst mal darfst du Du zu mir sagen.«

Er hob die Hand. »*Gimme five.*«

Sie schlug ein. »Und dann habe ich deine Mutter angerufen. Sie gibt dem Lehrer Bescheid, dass es Nachmittag wird, bis du zurückkommst.«

»Geht 4G wieder?« Er wollte in seinen Rucksack greifen. »Ich darf auf dem Heimweg gamen, du hast es versprochen.«

»Moment.« Libby machte auf dem Absatz kehrt und ging los. »Erst steht noch eine kleine Matterhorn-Challenge an. Du musst doch was zu berichten haben.«

Tonino wartete schon im Pistenfahrzeug. Mit Sonnenbrille, Windjacke und ohrengeschützter Mütze hätte Libby ihn fast nicht erkannt.

»Damit cruisen wir noch?«, fragte Noah ehrfürchtig. »Und nicht mit dem alten Sessellift?«

Libby und Tonino wechselten einen Blick.

»Der wurde endgültig stillgelegt. Es gibt keinen Sessellift mehr auf den Hungerberg.«

»Vorläufig«, sagte Tonino. »Der Favre Willi hat da so einen Plan ...«

Er half Libby in die Führerkabine. Noah war bereits oben und setzte sich in die Mitte. Tonino startete den Motor, und es ging los. Zu Beginn noch flach, wurde der

Hang schnell bucklig, und Tonino musste sich den Weg zwischen den Lärchen suchen. Noah hüpfte auf seinem Sitz auf und ab wie ein Gummiball.

»Mach doch mal ein Foto«, sagte Libby.

»Ich schau lieber live. Ich finde dann schon eines im Internet.«

Vielleicht, dachte Libby, hatte dieses Internetz ja nicht nur Nachteile.

»Hier irgendwo ist die Rotondospalte«, sagte Tonino leise über Noahs Kopf hinweg.

Im Frühling würde es sich weisen, ob Rosamaria wirklich da unten lag und Pjotr angeklagt werden konnte.

»Ich habe mich nicht geirrt«, sagte Tonino, der offenbar den gleichen Gedanken hatte wie sie. »Die Frau, die da hochgefahren ist, war Rosamaria, das schwöre ich. Einen Mann hätte ich erkannt.«

Nun, Pjotr war ein guter Schauspieler, nicht allzu groß, damals auch schlank und rank … mit Rosamarias Kleidern hätte er sich für sie ausgeben können. Andererseits hatte er das unter großem Druck zugegeben. Bloß, was wäre dann die Alternative? Dass Rosamaria doch abgehauen war? Der Vermisstenfall würde laut Kommissar Meier wieder eröffnet werden.

Es wurde richtig steil, und die Fahrt forderte Toninos volle Konzentration. Schließlich kämpften sie sich auf eine Plattform. Eine Berghütte war zu erkennen, aus Holz mit einer Terrasse und Blick ins Rhônetal. Tonino hielt an und half Libby beim Aussteigen.

»Alles Pulver!« Noah tollte durch den Schnee.

»Halt! Bis zum Matterhorn haben wir noch ein paar Höhenmeter vor uns.«

Das Teilstück, das sie überwinden mussten, hatte es in sich. Libby kam ganz schön ins Keuchen.

»Du solltest mehr trainieren, Frau Andersch«, sagte Noah. »Die Bergsteiger-Challenge hast du verloren.«

»Abwarten«, sagte Tonino. »Frau Andersch scheint mir ziemlich zäh.«

Endlich waren sie auf dem Gipfel.

»Sie haben ihr Ziel erreicht«, sagte Tonino. »Das ist das Weißhorn, das Breithorn, und da vorne ist das Monte Rosa Massiv.«

»Und wo ist jetzt das Matterhorn?«

Tonino zeigte auf eine Felswand, die sich in Richtung Westen erhob und die Aussicht einschränkte.

»Gibt auf TripAdvisor einen Stern Abzug«, meckerte Noah.

»Abwarten«, sagte Tonino. »Der Berg kann mehr, als du denkst.«

Libby durfte seinen Feldstecher zuerst benutzen. Als sie ihn scharf gestellt hatte, sah sie es.

Da wo der Fels eine schmale Spalte bildete, konnte man hindurchblicken. Mit etwas Phantasie waren die Konturen eines Dreiecks zu erkennen. Erhaben und spitz erhob sich die Mutter aller Berge am Horizont, im stolzen Wissen, das meist fotografierte Sujet Europas zu sein.

»Das Matterhorn, geil«, brüllte Noah, als er dran war.

»Unbeschreiblich, nicht wahr?«, sagte Tonino.

Noah nestelte an seinem Rucksack. »Wenn du willst, ich geb's bei ChatGPT ein, der kann alles beschreiben.«

Libby lachte. »Lass gut sein. Es ist doch einfach nur … schön.«

»Schön?« Noah warf noch einen Blick. »Du hast recht, Frau Andersch. Schön. Und jetzt hab ich Hunger. Hast du was zu essen, Tonino?«

✳✳✳

Später betraten sie die Terrasse des Bergrestaurants, ein verblichener Holzbau, der am Rande des Abhangs stand. Tonino ging hinein, um die Bestellung aufzugeben.

Nebst anderen Gästen saß der Wanderer aus dem Zug an einem der Tische, Libby erkannte ihn an der Zipfelmütze. Er prostete ihr mit einem Jägertee zu. »Ah, die strickende Oma. Ich dachte, Sie wollten nach Zermatt.«

»Man reist ja nicht, um anzukommen …«

Sie nickte ihm zu und setzte sich ganz vorn ans Geländer, auch Noah und Tonino nahmen Platz. Schließlich brachte die Bedienung die Bestellung. »Einen Nussgipfel, Rivella und ein Zitronensorbet. Sie haben Glück. Vom Sommer ist noch eines übrig.«

Es schmeckte zitronig und süß und vereist. Libby löffelte und genoss die Aussicht. Über ihnen wölbte sich ein winterblauer Himmel. Der Hang und seine buckeligen Wellen waren von hellem Weiß, mit bläulichen Schatten, an jenen Stellen, wo die Sonne nicht hinkam. Die Bäume waren tief verschneit und zogen sich hinab bis in die weite Ebene. Dort reihte sich Haus an Haus, alles wirkte verzuckert und verschlafen. Am Rand fuhren die roten Wagen der Gotthard-Matterhorn-Bahn ins Rhônetal hinunter, dorthin, wo Himmel und Schneedecke zu einer unendlichen Weite verschmolzen.

»Auch das ist schön«, sagte Libby zu Tonino. »Da könnte man sich fast ein wenig frei fühlen.«

Noah hatte seinen Nussgipfel und sein Rivella mitgenommen und kickte Schneebälle in ein imaginäres Tor.

»Ihre Cholera!«, sagte die Bedienung zu Tonino und stellte einen Teller hin. Es roch nach Kartoffeln und Käse, und der Teig war ein ganz klein wenig verbrannt.

»Guten Appetit!«, sagte Libby und zog ihr Strickzeug heraus. Sie hatte eine neue Arbeit begonnen.

Tonino griff zum Besteck. Seine Falten hatten sich geglättet, aber der Bart war mehr geworden.

»Daran habe ich es übrigens gemerkt«, sagte Libby nach einer Weile. »Dass Sie gar nicht von hier sind. An der Cholera. Jeder würde die Speise kennen. Und jeder würde wissen, wo der Sicherungskasten ist, nachdem er sich seit Monaten mehr um ein Haus als um die Gäste kümmert.«

Er brummte.

»Aber die Informationen über den Wein haben Sie sich gut gemerkt. Und auch über das Belvedere. Und wie Sie Rosamaria beschrieben haben, da hatten Sie mich fast überzeugt. Woher hatten Sie das?«

Tonino warf ihr einen Seitenblick zu. »Aus einer Sendung namens Krimiklub. Die haben mal Walliser Vermisstenfälle aufgegriffen, es gibt so einige hier.«

Libby nahm einen Schluck von ihrem Kaffee. »Was sind Sie denn nun eigentlich? Ein Schauspieler?«

»Ich bin Butler.«

»Wirklich?«

»Und manchmal auch Hauswart. Je nachdem. Man kann mich engagieren.«

»Und wer hat sie engagiert? Der geldgierige Favre Willi, der einen kleinen Wintersturm als Unwetter dargestellt hat?«

Tonino schüttelte den Kopf. »Mette.« Er zückte eine Karte und schob sie Libby über den Tisch. »Tonino Padrutt. Ihr Mann für alle Fälle.«

Sie steckte die Karte in ihre Handtasche und griff wieder zum Strickzeug.

»Daran habe ich es gemerkt«, sagte er.

»Was?«

»Dass Sie keine echte Großmutter sind. Die haben keine

Zeit zum Stricken, wenn sie mit ihren Enkeln unterwegs sind.«

Touché, dachte Libby.

»Frau Andersch!« Noah kam angerannt. »Meine Mama hat mich gerade angerufen. Sie sagt, sie darf heute heim. Und ich soll Danke sagen, dass du dich so gut um mich gekümmert hast. Und sie findet das Thema von meinem Vortrag geil.« Er umarmte sie.

Libby hüstelte. Dass ihre Augen auch so tränen mussten. Es war wegen der Luft. Etwas zu dünn für sie.

»Gehen wir.« Sie stand auf. »Nicht dass wir noch den Zug verpassen. Kannst du uns eine Verbindung raussuchen, Noah?«

Aus der Sendung Krimiklub vom 22. April 2024
Vermisst wird ...

Fast genau 45 Jahre nach dem Verschwinden von Rosa-maria Montillo am 14. Juni 1999 wurde aufgrund von neuen Hinweisen ein Trupp der Bergrettung mit der Suche in der Rotondospalte beauftragt. Es konnten jedoch keine direkten Nachweise gefunden werden, die auf den Verbleib der Vermissten deuten würden. Ein sichergestelltes Bonbon aus Johannisbeersaft sowie ein Stück Stoff, möglicherweise vom Trenchcoat einer Edelmarke stammend, werfen jedoch Fragen auf. Der Mordverdacht gegenüber dem bekannten Schauspieler Pjotr Voss bleibt bestehen. In einer berührenden Trauerfeier hat Mette Montillo, die Tochter der Verstorbenen, symbolisch von ihrer Mutter Abschied genommen.

Walliser Bote, 14. Juni 2024. Kurzmitteilungen

Am letzten Wochenende wurde das Grand Hotel Matterhorn, oberhalb von Oberwald gelegen, nach einer Renovation mit einem rauschenden Fest wiedereröffnet. Der gewählte Vintage-Style komme gut an. »Hüeregeili Hütte« – so und ähnlich äußerte sich ein vornehmlich junges Publikum. Der Eigentümer, Willi Favre aus Salgesch, hat die dafür erforderlichen Gelder mittels Crowdfunding gesammelt. Zur Popularität beigetragen hat ein Seriendreh der bekannten Produktionsfirma SCHWEINFILM. *Als Höhepunkt des Festes wurde im ehemaligen Ballsaal die erste Episode gezeigt. Insbesondere die Eröffnungsszene, in der die Hauptdarstellerin auf spektakuläre Weise in eine Felsspalte stürzt, zog das Publikum in Bann.*

Walliser Bote, 15. Juni 2024, Richtigstellung

In der gestrigen Ausgabe hat sich in der Mitteilung zum Grand Hotel Matterhorn ein Fehler eingeschlichen. Die für den Seriendreh verantwortliche Produktionsfirma heißt SCHEINFILM.

Dank

Seit ich mit neun Jahren zum ersten Mal eine Agatha-Christie-Verfilmung gesehen habe – *16 Uhr 50 ab Paddington* –, wollte ich einen Krimi schreiben, in dem eine Miss Marple vorkommt. Ganz besonders, weil mich die Schauspielerin Margret Neleerford an meine Großmutter erinnert hat und mich Agatha Christie und ihr Werk schon damals fasziniert haben. Mit Libby Andersch wollte ich eine Figur schaffen, die sich an Miss Marple anlehnt und doch etwas ganz Eigenständiges ist.

Ich möchte insbesondere Monika Niggeler danken, sie weiß, wieso. Und Barbara Fischer, die mich in der Figurenentwicklung beraten hat. Sie ist einfach unbezahlbar. Ein ebensolcher Dank geht an Daniel Kampa und an Meike Stegkemper.

Dazu an Magdalena, Nicole, Beni, Flo und Petra, meine Erstlesenden. An das Team vom Kampa Verlag, insbesondere an René Stein für das genaue Lektorat. An Sabine Haarmann vom Orell Füssli Kramhof in Zürich. An meine Familie, die mich immer und in allem unterstützt. Und an euch, liebes Lesepublikum, dass ihr eine weitere Serie von mir in euer Leseherz schließt.

ATLANTIS

Gabriela Kasperski
Diesseits vom Jenseits
Der erste Fall für Friedhofsgärtner Paul Blom

Ein Anwalt wird Friedhofsgärtner und lernt schnell:
Mit Mandanten aus dem Jenseits ist nicht zu spaßen.

Die Recherche zu einem Fall führt Erbschaftsanwalt Paul Blom
auf den Zürcher Friedhof Enzenbühl. Dort wird er vom Friedhofsgärtner Matteo Lazzarone für den Praktikanten Krasins-
ki gehalten. Statt den Irrtum aufzuklären, erscheint Blom am
nächsten Tag zum Dienst und taucht ein in den Friedhofsalltag.
Dabei legt er sich mit der jungen Historikerin und Podcasterin
Ruby Kosa an. Für eine zerstrittene Londoner Familie soll sie
einen Goldschatz aufspüren, der möglicherweise in einem Grab-
mal liegt. Bald ist klar: Blom und Kosa suchen dasselbe. Und
sie sind nicht die Einzigen, die weder zum Trauern noch zur
Grabpflege auf den Friedhof kommen. Wer weiß noch von dem
Totengold und hat keinerlei Skrupel, die letzte Ruhe zu stören?

ATLANTIS

Gabriela Kasperski
Eiskalter Greifensee
Der erste Fall für Schnyder & Meier

Eine rauschende Party, eine Leiche im Schnee und ein Dorf
in Aufruhr – kein leichter Start für Schnyder & Meier

Am Morgen des dritten Advent wird am verschneiten Ufer des
Greifensees die Geigenlehrerin Isadora Heller tot aufgefunden,
seltsam herausgeputzt mit Hut und silbernem Schal, aber mit
Wanderschuhen an den Füßen. Werner Meier von der Kantons-
polizei Uster verdächtigt ihre Schwiegertochter Jane: Ein Motiv
hatte sie, und am Tatort ist sie auch gewesen. Janes Freundin,
die Psychologiestudentin Zita Schnyder, ist von ihrer Unschuld
überzeugt und beginnt, Nachforschungen anzustellen. Dann
gibt es eine zweite Tote. Meier und Schnyder stoßen auf eine
Geschichte, die weit in die Vergangenheit reicht. Meier recher-
chiert intuitiv, Schnyder hält sich an Fakten. Beide sind eigenwillig – und sie verlieben sich ineinander. Dann gerät Zita in die
Hände des Mörders.

ATLANTIS

Gabriela Kasperski
Vermisst am Greifensee
Der zweite Fall für Schnyder & Meier

Zita Schnyder und Werner Meier, frischgebackene Eltern,
ermitteln in ihrem zweiten Fall: Ein Baby wurde entführt.

Zita Schnyder hat den Master in Psychologie mit Bestnote bestanden und schwelgt im Mutterglück. Das Leben könnte nicht
besser sein. Dann erfährt sie, dass im Krankenhaus Uster ein
Kind entführt wurde. In derselben Nacht, in der Zita ebendort
ihren Sohn Finn entbunden hat! Noch im Wochenbett stellt sie
Nachforschungen an, die zu ihrem Geburtsvorbereitungskurs
MamYoga führen. Meier ist derweil komplett überfordert: von
Zitas Ungeduld, von seinen Vatergefühlen, vom Fall des ent-
führten Babys und dem Mord an einer Sozialarbeiterin. Als
dann auch noch Baby Finn entführt wird, liegen die Nerven
blank – Zita und Meier setzen alle Hebel in Bewegung, um ihren
Sohn wiederzufinden.

Λ

ATLANTIS

Mord in der Badi
Sommerliche Krimigeschichten aus der Schweiz

Herausgegeben von Miriam Kunz

Die perfekte Urlaubslektüre –
egal ob in der Ferne am Strand oder in der Badi gleich nebenan

Ob Fluss oder See, urban oder mit Blick auf das Alpenpanorama,
Liegewiese oder Holzplanken, Frühschwimmen oder die schnelle
Abkühlung nach Feierabend: Der wahre Luxus der Schweiz ist
ihr Wasserreichtum, und wo Wasser ist, da sind Badis, die jeden
Sommer für Feriengefühle direkt vor der Haustür sorgen. Dass
Badis allerdings nicht immer Orte sommerlicher Unbeschwert-
heit sind, zeigen die Krimigrößen Christof Gasser, Silvia Götschi,
Sandra Hughes, Marcel Huwyler, Gabriela Kasperski, Benjamin
Stückelberger und Peter Weingartner.

Sieben exklusive Badi-Geschichten von Krimiautor*innen,
die zu den erfolgreichsten der Schweiz zählen.

ATLANTIS

Mord im Rustico
Krimigeschichten aus dem Tessin

Herausgegeben von Miriam Kunz

Die Angestellte eines im Herzen des Malcantone gelegenen Rusticos, das an Touristen vermietet wird, versenkt einen Rucksack im Luganersee. Was sich darin befindet, hat ein Gast nicht ganz freiwillig zurückgelassen … Ein Mann will das Seegrundstück der Familie mit privater Badestelle an seinen neuen Nachbarn verkaufen und nimmt seiner Schwester damit die liebsten Erinnerungen. Aber war ihre Kindheit wirklich so idyllisch, wie sie glaubt? Als die Grand Dame von Ascona stirbt, die ihr beträchtliches Vermögen eingesetzt hat, um die Kultur zu fördern, trauert der ganze Ort. Nur zwei Männer wissen, dass sie nicht ertrunken ist.

Zwischen Lago Maggiore und Luganersee, Palmen und Polenta geht es mitunter weniger idyllisch zu, als man meint. Nach dem Erfolg der Erzählbände *Mord in der Badi*, *Mord im Chalet* und *Mehr Mord im Chalet*, die wochenlang auf der Schweizer Bestsellerliste standen, gilt es jetzt, die kriminellen Machenschaften im Südkanton aufzudecken. Mit dabei sind Schweizer Krimistars wie Andrea Fazioli, Sandra Hughes, Gabriela Kasperski, Marcel Huwyler und viele mehr.